キスに煙

織守きょうや

文藝春秋

もくじ

本書は書き下ろし作品です。

キスに煙

夜明け前の澄んだ空気に、靴音は酷《ひど》く響いた。マンション中の住人を起こしてしまうのではないかと思うほどだったが、廊下は静まり返ったままだ。

ドアを開け部屋の鍵を玄関脇のシューズボックスの上に投げ出し、急いで靴を脱ぐ。

どうやって帰ってきたのか、覚えていなかった。割増のタクシー料金を払った記憶はあるが、覚えているのはそのあたりからだ。おかしなことをしたり言ったりしていなかっただろうか。タクシーの運転手や通行人に、不審に思われていないといいが。

シャワー。シャワーを浴びなければ。洗い流さなければ。

その考えだけが頭を支配し、体を動かしていた。

玄関からリビングへ続く廊下の途中にあるバスルームの、浴室暖房と給湯のスイッチを押す。

コートをリビングのソファの上に投げ、引き返して、廊下で新作スーツの上下も靴下も下着も全部脱いだ。

裸になって、まだ温まっていない浴室へ入り、シャワーを出す。冷たい水が床にあたって足元に撥《は》ねる。湯になるのを待たず、その下に頭を突っ込んだ。ばしゃばしゃと水が髪を濡らし、肩と背中を伝い落ちた。濡らすだけでは足りない。手を伸ばしてコックをひねり、シャワーの強さを最大にする。水流が、彼の髪の毛や、皮膚片や、体液を洗い流してくれるはずだった。

髪と体を洗い終わったら、バスルームも掃除しておこう。そこまで調べられるとは思わないが、念のためだ。明日が可燃ごみの収集日でよかった。この家から、自分から、すべての痕跡を消し警察が調べても、何も出てこないくらい完璧に。

いつもの癖でまず髪を洗った。その後、髪をタオルでまとめてから、体を洗う。ボディタオルにソープを泡立て、全身をこすった。隅々まで洗い、爪の間にブラシをかける。一心に。

この体から、彼の痕跡を消し去ることだけを考える。

I　滑走

1

クライアントへデザインを送り、先方からの返事を待っている間に、気がついたら夜十時を回っていた。退勤時間はとっくに過ぎている。さすがにもう修正はないと思いたいが、確認するまでは帰れない。

塩澤詩生《しおさわしお》はデザイナーである。会社の服飾デザインの部署で、チーフを務めている。

デザインチームの他のメンバーには帰っていいと伝えたのだが、プロジェクトにかかわった全員が会社に残っていた。小学生の子どものいる浜部《はまべ》さえ、今日は夫が家にいますから、などと言って残業している。

連絡が来るまですることはないし、とデリバリーのピザをとったら、ピザが到着するのとほぼ同時に、計ったようなタイミングで先方からOKの連絡が来た。せっかくだからと、会議室に集まって、小規模な打ち上げをすることにする。

塩澤がクライアントにメールの返信をし、手を洗って会議室に入ると、皆は会議用の大きなモニターでスポーツ番組を観ていた。

「お疲れ様、シオ先輩」

「シオさん、フィギュアのやつやってますよ。今日のNHK杯の振り返りだって」

Lサイズピザの平たい箱が二つ、グリーンサラダが二つと、人数分の紙皿とドリンクの紙カップが、テーブルの上に並んでいる。トールサイズの紙カップには、取り違えがないように、サインペンで中身がメモしてある。コーラ、アイスティー、ホットコーヒー、豆乳ラテにオーツミルクラテ。全部ばらばらだ。アシスタントの三池絵梨世《みいけえりせ》が、オーツミルクラテのカップをとって塩澤に渡してくれた。

画面には、黒と赤の鮮やかな衣装を身に着けた志藤聖《しどうひじり》が映っている。真っ黒な髪をオールバックにして、カメラに向かって不敵な笑みを浮かべてみせる彼は、男子シングルのトップ選手だ。来月に迫ったグランプリファイナルに向けて、注目選手の紹介やインタビュー、名場面、演技のハイライトなどを流す番組らしい。

画面の中の志藤が、フリーの演技を始める。先ほど終わったばかりの、NHK杯での演技だ。昔から変わらない、軸のぶれないスピン。スピード。正確なジャンプ。何度も観たプログラムなのに、毎回見惚れる。ダイジェストの映像に、つい見入ってしまった。

「志藤選手、すごいですね」

「やっぱ志藤だろ。ダントツじゃん」

チームの皆がため息まじりに志藤を称賛した。

「昔はフィギュアといえば女子選手って感じだったけど、一時期から変わったよな。今は男子も女子も同じくらい人気あるじゃん。俺も見てたもん、高橋《たかはし》とか羽生《はにゅう》とか、日本人以外ならネイサン・チェンとかさ」

「私、今でも断然ランビエール推しなんですよ。現役の選手なら宇野《うの》選手もいいですよね」

「俺結構ミラーも好きだったな。最近見ないけど」

「何かコーチやってんだよね。コーチやりながらショーにも出てる人もいるでしょ、ミラーは違うんだっけ」

彼らの声は聞こえていたが、塩澤の目はモニターの志藤を追ってしまう。彼のスケートはきれいだな、と改めて思う。迷いがなくて、きっぱりしている。

四回転トゥループ。四回転ルッツ。

やっぱり、いい。目が離せない。

「さっき、シオも映ってたよ。過去の大会を振り返るみたいなやつで、なんかすごいキャッチコピーつけられてた。爆発する個性、唯一無二の美の体現者、みたいな」

「芸術家とか呼ばれてたよね」

「本気で恥ずかしいんだけど……自分で名乗ったわけじゃないからな、それ」

数年前までは、自分もあちら側にいた。今はもう昔の話だ。

画面から目を逸《そ》らし、オーツミルクラテの蓋を開けて、一口飲んだ。プラスチックの蓋に開いた飲み口から飲むのはどうも苦手だ。何度試しても舌を火傷《やけど》してしまう。かといって、ホットの飲み物は熱いうちに飲みたいので、冷めるまで待つという選択肢はなく、結局こうして、せっかくの飲み口を無視して、蓋を開けて口をつけることになる。

「シオさんて、志藤選手と今も交流あるんですか？」

ピザの箱を開けていた、チーム内では絵梨世の次に若手の横山《よこやま》が、こちらを振り向いて訊いてくる。

「あー、まあ、一応」

こういう質問をされるのは久しぶりだ。

現役時代、同じ男子シングルの選手で同い年でホームリンクも同じだった塩澤と志藤は、必然的に、一緒に行動する機会も多かった。メディア露出の際も、セットで扱われることがよくあったから、二人は無二の親友だとか、いや、実は不仲で、いつもひとくくりにされてうんざりしているらしいとか、当時は好き勝手書かれたり言われたりしたものだ。

「環境が違って、定期的に顔を合わせなくなると、どうしても疎遠になっちゃいますよね。二人とも忙しいですし」

塩澤より六つ年上の浜部が、横からとりなすように言う。彼女は横山が入社したときの指導担当で、今でも彼のフォロー役のようになっている。

横山はピザを一切れ紙皿にとり、コーラの紙コップに手を伸ばしながら、肩ごしに塩澤を振り返って訊いた。

「じゃあじゃあ、最後に会ったり話したりしたのっていつですか」

「……昨日？」

志藤が大会前に電話をかけてくるのはいつものことだった。今回も俺が優勝だ、見ていろ、と宣言するためだ。しかし、この流れでそれを話せば、必要以上に盛り上がってしまいそうだ。ものすごく仲がいいみたいに聞こえる。とはいえ嘘をつくのも自意識過剰な気がして、三秒ほど迷った挙句、正直に答えた。

「え、何すか、まじ仲良しじゃないっすか。着歴見せてくださいよ」

「なんでだよ」

笑ってかわす。

彼も、他のスタッフたちも笑っている。冗談でこういうことを言いはしても、しつこく絡んできたり、本人を紹介しろと要求してきたりするような人間はこのチームにはいない。それが楽で、気に入っていた。元フィギュアスケーターは珍しい経歴だから、ある程度は仕方ないのだが、うっかりぼろが出てしまわないよう、この話題になったときはいつも気をつかっている。

職場にも友人はいる。しかし、基本的には、互いに適度な距離を保っていたい。プライバシーをひた隠しにしているわけではなく、ただ、わざわざ伝えようとは思わなかった。

特に、自分がバイセクシャルであることや、長い間志藤に片想いをしていることは。

＊＊＊

志藤聖と初めて会ったのは、中学生のときだった。

一目惚れでは断じてない。

そのころには、自分が男も女も恋愛対象になると気づいていたが、志藤は好みのタイプではなかったし、第一印象だって、最悪とまでは言わないが、よくなかった。どちらかというと、合わなそうだな、と思っていた。おそらく志藤のほうもそうだったはずだ。

日本国内でフィギュアスケートの大会に出るためには、連盟に登録してバッジテストを受ける必要がある。ノービス(小学生)やジュニア(中学・高校生)の場合もそうだ。塩澤は母親に連れられて観にいったアイスショーがきっかけで——最初は、主に衣装に——興味を持ち、フィギュアスケートを始めたのだが、両親の仕事の都合で十二歳までベルギーに住んでいたから、ノービスの全日本大会に出たことはなかった。海外で地方大会《リージョナル》に出た経験はあり、上位に入ったこともあったが、帰国した時点では、塩澤詩生は日本のジュニアスケート界においてまったくの無名だった。

志藤はノービスの大会で優勝経験があり、ジュニアにあがってからもずっと好成績を収め続けて、すでにその界隈では名前を知られた存在だった。ただし、帰国子女だった塩澤を除いての話だ。

確か、帰国して、日本のリンクに所属することになり、そのイベントだか何だかの集まりで顔を合わせたのが最初だった。塩澤は志藤の顔を知らなかったし、名前を聞いても誰だかわからなかった。成績上位の有名人だからといってわがまま放題だったわけではないが、やたら堂々として、子どもながらに人の目を意識して、王様のようにふるまっている志藤は、塩澤の目には滑稽に映った。志藤は志藤で、いつもの集まりに見慣れない顔がいるのを見て、誰だこいつと思っただろう。

互いの親とコーチに引き合わされ、強制的に挨拶をさせられたほかは、ほとんど口もきかないまま別れた。

しかし、その年のジュニア選手権で最終滑走だった志藤のスケートを見て、印象は一変した。圧倒された。揺るぎのない自信が、指先にまで満ちているのがわかる。どこを切り取っても美しい姿勢、スピードやジャンプの高さも、後に王者として評価されることになる彼の強みは、このころからすでにそこにあった。

ランディングのとき、腕をあげる仕草が特に好きだと思った。ジュニアでそんなことをする選手は、彼のほかにはいなかった。

意地の悪い言い方をすれば優等生の滑りで、プログラム自体も、着地のときに腕をあげること以外は特徴的なものではないのに、華がある。彼自身の存在感のせいかもしれなかった。世界ジュニアで優勝し、シニアに上がる前からスポンサーがついたという、その理由がよくわかる。

とにかく塩澤は、志藤の演技に魅了された。

笑顔で演技を終えた志藤がリンクを出てブレードにカバーをつけている様子を、数メートル離れたところから見ていたら、彼はまるで塩澤の視線に気づいたかのように顔をあげた。

目が合って、あ、というように口が開いて、次の瞬間、彼はぱっと笑顔になる。

リンク際で待っていたコーチを置き去りに、ざんざんと大股で歩いてきて、塩澤の前に立った。

「おまえのフリー、観たぞ。すごかった」

なんだその顔、演技中と全然違う。

塩澤は面食らって、すぐには返事もできなかった。演技に衝撃を受けてぽかんと口を開けた、間抜けな顔のまま、志藤を見つめ返す。

二拍の間をおいて、ようやく、開いたままの口から声が出た。

「お、まえこそ。すごかった」

素直に賛辞を伝えられたのは、口下手で人見知りだった当時の自分にとっては奇跡のようなファインプレイだった。

すでに笑顔だった志藤の顔に、さらに大きな笑みが広がり、

「俺たちはライバルだな！」

何故か嬉しそうに宣言するとともに、右手を差し出された。戸惑いながら握り返した、その手の感触を覚えている。

思い起こせば、志藤の手を握ったのはあのときと、シニア転向後に一度、練習中に転倒したのを助け起こしてもらったときくらいだった。こと細かに覚えているとは、自分もなかなか健気だ。

それ以来、塩澤と志藤は仲良くなった。気が合った、と言っていいのかはわからない。二人は全然違っていた。性格も趣味も境遇もスケーティングも、同じところを探すのが難しいくらいだった。似ていたのは、スケートへの思いと、負けず嫌いなところくらいだ。

それでも不思議と、一緒にいると楽しかった。違うからこそ楽しかったのかもしれない。

ジュニアの大会では常にトップを争った。それはともに十五歳でシニアに転向してからも続いた。最高に楽しかった。初めての世界選手権のときは、自由時間に二人で行動し、当時はまだ英語が得意でなかった志藤のために、塩澤が通訳をしてやった。

二人そろって表彰台にあがることはしょっちゅうだったが、どちらが高いほうに立つかは毎回違った。勝ったほうは余裕ぶって相手の健闘を讃え——ている風を装ってマウントをとり——、負けたほうは悔しがった。一段高いところから相手に「おまえも悪くなかったよ」と言ってやるのは気持ちがよくて、悔しがる志藤の顔はメダル以上のご褒美だった。

互いの演技に刺激を受けるのはもちろん、相手の存在がモチベーションになっている部分もあった。あらゆる意味で、高めあう関係だったのは間違いない。

同じ大会に出るので毎日のように顔を合わせていた時期もあれば、互いが海外に練習の拠点を移していた時期など、何か月も会わないこともあった。シニアにあがってからは、そういうことも増えた。それでも連絡はとりあっていたし、大会などで会えば、離れていた時間などなかったかのように、真面目な話やくだらない話をした。スケートの話もしたし、女性誌のカバーの仕事が来たとか、あの映画がおもしろかったとか、彼女ができたとか、別れたとか、そんな話もたくさんした。

自分が出場しない試合やイベントでも、相手が滑るときはチェックするようにしていた。志藤は尋ねなくても勝手に自分の予定を話し、ときにはチケットを送りつけてくることもあったし、塩澤が何も言わずにいると水臭いと怒ってスケジュールを聞き出そうとするので、塩澤のほうもいつからか、どこのショーに出る、いつの大会に出る、という程度のことは報告するようになった。

　塩澤の背は伸びて、十代の終わりには一七七センチになった。筋肉も脂肪もつきにくい体質のため、スタミナ切れになりやすいのが課題だったが、長い手足が映える衣装と振付を意識するようになってから、成績も人気もぐっとあがった。

　志藤のほうは一七〇センチ台の前半で止まった。一般的に低くはないが、海外のスケーターと比べると小柄に見える身長だ。しかし、堂々とした滑りは、それを感じさせなかった。

　二種類の四回転と正確無比なステップ、乱れのない着氷を武器に、王者として君臨した。塩澤が上回ることもあったが、自分は正々堂々王座を争うというより、王者を出し抜くトリックスターのようなポジションだと自覚していた。それでよかった。満足していた。自分のスケートを楽しみながら、全力で戦った。

　シニアへ進んで七年目、二十一歳のときに、志藤は交通事故で靭帯《じんたい》断裂のけがをした。グランプリシリーズの、フランス大会直前という時期だった。

　スケートと無関係のけがで、優勝を期待されていた大会に出られなかったうえ、一年の休養を余儀なくされ、志藤は悔しかっただろう。それでも彼は腐らずリハビリを重ね、一年後には華々しく復帰して、復帰戦を優勝で飾った。塩澤も、ライバルに花を持たせたとか空気を読んだとか言われるのが嫌だったから、意地でも優勝してやるつもりでシーズンベストを叩き出したが、それでも及ばなかった。一段低いところから、表彰台の最上段の彼を見上げ、ああ、王の帰還だ、と思った。初めて、悔しさよりも、喜びのようなものが湧いた。

　二年ほど後、塩澤のほうが膝の故障で休養し、復帰してから六回、同じ大会に出場した。

　その後、塩澤は二十五歳で引退を決めた。故障はきっかけではあったが、決定的な理由は別にあった。自分のジャンプに、スケーティングに、ほんのわずかな衰えを感じたことだ。

成績は落ちていない。誰に指摘されたわけでもない。しかし、自分ではわかった。体調が悪いわけでもないのに、以前のようには滑れていない、と感じた。演技後半の体の重さ、回復の速度、技のキレ。筋力トレーニングや有酸素運動を増やして体力をつけることで補えないかとしばらくはあがいたが、どれだけメニューを増やしても、マイナスに傾いた針を中心へ戻すか、あるいは、わずかなマイナスで押しとどめることが精一杯だとわかっただけだった。塩澤詩生の限界に、誰より自分自身が気づいてしまった。

このままでは、いずれ、ほかにも気づく人間が現れる。審査員や観客、そして、誰より、志藤の目はごまかせない。

続けられない、と思った。

必死に努力して、維持するだけでは足りないのだ。常に、先へ、先へ、さらなる高みを目指して滑る、それがフィギュアスケートという競技だった。成長、熟成、どんな形であれ、進化できなくなったら終わりだ。

ごまかしごまかし、氷上に残ることはできる。しかし、いつまでもは続けられない。いつか避けようのない終わりが来るのなら、いつ、どうやって終わるのかは、自分で決めたい。

引き際まで美しいスケーターとして、観客や志藤の記憶に残りたかった。

衰えが目に見えるようになる前に、自分の手で幕を引くことにした。

四大陸選手権を二位で終えて帰国後、塩澤は引退を発表し、もともと所属していた会社のデザインチームに入ることになった。四大陸選手権で上位に入った直後だったことに加え、ショーへの参加や後続の育成に携わることもなく、スケートから完全に離れるという進路が意外だったのか、「突然の引退・転身」と騒がれたものの、ファッションの仕事をするという選択は、おおむね好意的に受けとめられた。現役時代にも、衣装はほとんど自分でデザインしていたし、メーカーとのコラボでトレーニングウェアをプロデュースしたりもしていたから、塩澤のファッションへの興味は知られていた、というのもあったのだろう。ありがたいことに、会見直後から会社宛に、複数のコラボレーション企画のオファーが来た。個性派、自由、自分を貫く、というキャラクター像が広まっていたおかげで、塩澤ならそういう道もあるだろう、と受けとめられた部分も大きかったかもしれない。

そのときアメリカにいた志藤には、発表前に電話で伝えた。

意外にも、彼は騒がなかった。

どうして、と訊かれると思っていた。伸びしろがなくなったと正直に伝えたら、逃げるのか、と責められるかもしれないとも思っていた。自分に傷をつけたくないから戦うのをやめるのかと、そう思われても仕方がないと覚悟をしていた。

しかし、志藤は理由を訊かなかった。そうか、と短く応じ、それから、少しの沈黙の後、もう一度、そうか、と繰り返し、わかった、とつけ足した。

彼は自分が悩んでいたことに気づいていたのかもしれないと、そのとき初めて思った。

かなうものなら、ずっとそこにいたいと思っていたけれど、かなわないのを知ってしまった。それなら、自分らしく滑れるうちに、終わりにしようと決めた。志藤と同じ場所にいるために無理をして、自分が歪《ゆが》むことは許せなかった。彼への想いやスケートへの思いとは別に、自分は自分でいたかった。そうしなければ、志藤のことも、ファンのことも、自分自身も、裏切ることになると思った。失望させたくなかった。

わかってもらえなくても仕方がないと思っていた。

それで志藤との関係も終わるかもしれないと覚悟していた。自分たちをつないだのは間違いなくスケートで、つながっていられるのも間にスケートがあるからだとわかっていた。

自分たちは離れてしまうだろう。それでも、志藤と同じ時代に滑り、競えたことは、この上ない幸福だった。かけがえのない時間だった。それだけでこれから先も生きていけると思った。

「おまえと、」

もう一度滑りたかった。

そう言いかけてやめる。きりがなかった。それに、泣いてしまいそうだった。

今しゃべったら涙声になる。電話の向こうの志藤にバレる。そう思って言葉を切り、不自然なほど長い沈黙の後、

「おまえと滑れて、楽しかった」

やっとのことでそれだけ言った。

『俺も』と志藤が返すまで、やはり時間がかかった。

『直接伝えてくれてありがとう。それから、これまで、ありがとう。今度ちゃんと、顔を見て言う』

電話を切った後、保冷剤で目を冷やしながら、少し泣いた。

引退発表の一週間後、関係者や友人たちが食事の会を開いてくれ、わざわざ帰国した志藤も参加した。その後、店を変えて二人で飲んだ。志藤は、俺のライバルでいてくれてありがとう、というようなことを言い、本人が隠している様子だったので指摘はしないでおいたが、明らかにちょっと泣いていた。気に入りのバーのカウンターに並んで座り、楽しかったな、などと志藤がし

みじみ言うものだから、塩澤もつい涙ぐんでしまったが、そこは酒を呷《あお》ってごまかした。

これからは酒や食事の調整もしなくていいのだと思うと不思議な気がする。シーズン中だの前だのという概念がなくなるのだ。「引退したって、無茶な生活はするなよ」と心を読まれたかのように釘を刺される。

「次、世界選手権、頑張れよ。見てるからな」

「ああ。見ていろ」

店を出て、最後にハグをして別れた。

たった二回、手を握ったことを覚えているくらいだ。このハグは一生の思い出になるだろうと思った。なかなかきれいな終わりじゃないか。

もう二度と会えなくても、これからも志藤は滑り続ける。自分はテレビで、ときには観客席で、それを見ることができる。そのたび、彼のことを、彼とともに滑った日々を、誇りに思うだろう。同じ氷上に自分がいないことを寂しく思いながらも、きっと、競ったこと、共に過ごしたこと、すぐ近くで笑った顔や、手の感触や、最後のハグを何度も何度も思い出す。そうやって自分は、生きていく。

悪くない夜だ、と一人、余韻に浸りながら夜道を帰った。

しかし一週間後には、電話がかかってきた。翌日にはまたアメリカに発つから、うまい蕎麦を食べに行こうという誘いだった。もちろん応じた。

拍子抜けするほどあっさりと、当たり前のように、友人関係は続いた。

何も終わらなかった。

塩澤の引退から三年が経とうとしている今も、志藤は男子フィギュア界のトップに君臨し続けている。三日に一度はメールが――塩澤がSNSの類《たぐい》を一切やらず、メッセージアプリも入れていないので、やりとりはもっぱら電話かメールだ――届くし、電話もかかってくる。ことあるごとに飲みにも誘われる。新しい彼女ができたとか、別れたとか、そんな話も、相変わらず、する。一年つきあった年上の彼女に志藤がふられたときは、「自棄酒《やけざけ》につきあってくれ」とメールが来て、個室の居酒屋とバーをはしごした挙句、塩澤のマンションで明け方まで愚痴、というか泣き言を聞いてやった。疎遠になるどころか、友情は年々深まっている。

塩澤はたぶん、十三歳で初めて出場したジュニア選手権で、「ライバルだな」と笑った顔を見たときから、志藤のことが好きだった。

今も好きだ。

一生伝えるつもりはない。

2

出勤前、会社が入っているビルの一階にあるコーヒーショップのカウンターで、注文したラテを待っているとき、スマホで見ていたニュースサイトのヘッドラインに知人の名前を見つけた。

『アレックス・ミラー、自宅バルコニーから転落死』

現役時代、交友のあったスケーターで、オリンピックで入賞経験もある選手だ。塩澤や志藤がシニアにあがったころすでにベテランの域にさしかかっていたが、それから五、六年で彼は引退してコーチになり、塩澤がスケート界を離れてからは会うこともなくなった。昔のよしみで呼ばれたイベントなどで、たまに見かける程度の関係だった。

記事にはただ転落とあるだけで、事故とも自殺とも書かれていない。どちらにしても、突然の変死であることには変わりない。

新作の甘いホットドリンクを追加で注文して、職場へ急いだ。

廊下で絵梨世を見つけ、声をかけた。

「シオ先輩。おはようございます」

ボブカットにした髪を揺らして振り向いた彼女は、少し疲れた顔をしているほかは、いつもと変わらないように見える。赤いスクエア型のピアスが、キャラメル色の髪の間から見え隠れする。

「ニュース見た。今」

死亡記事を見たとき、頭に浮かんだのはミラー本人ではなく、絵梨世の顔だった。

塩澤は紙袋から出したホットドリンクのカップを、ドリンクホルダーごと差し出す。

「帰っていい。手続きはやっとく。仕事もこっちで調整するから」

彼女は少し驚いた表情になった後、ふっと目元を和らげた。手を伸ばしてカップを受け取る。

「私が今すぐ何かしなきゃいけないとかはないから。でも、ありがとう先輩」

絵梨世はアレックス・ミラーの娘だ。スポーツトレーナーをしている日本人の母親との間に生まれた。両親は若くして結婚したものの、スケーターとして全盛期だったミラーの素行が原因で喧嘩が絶えなかったらしい。娘が小学校にあがる前に離婚して、彼女は母親に引き取られたと聞いている。彼女自身も一時期フィギュアスケーターを志したものの、すぐに見切りをつけて、シニアにあがる前にやめてしまった。

塩澤や志藤にとっては、同じホームリンクで滑っていた後輩にあたるが、絵梨世が所属していた期間は短かったし、ジュニアとシニアの違いがあったこともあり、当時はほとんど接点がなかった。両親ともにフィギュアスケートにかかわる仕事をしている彼女は、フィギュア関係の集まりに顔を出すことがあったが、彼女のほうから声をかけられるまで、塩澤のほうは顔も覚えていなかったくらいだ。まさか、新しい職場でこうして一緒に働くことになるとは思っていなかった。

この会社で同じチームに所属してから、ずいぶんと距離が近くなった。

「もう五年？　か、もっと会ってなかったし、あんまり実感湧かない。意外と落ち着いてるなって自分でも思うんだけど、さすがに、何もしてないと考えちゃいそうだから、仕事してるほうがいいの」

「それならいいけど、いつ早退してもいいし、休みとってもいいからな。こういうのは、後から、じわじわ来たりするから」

「はい。ご迷惑、おかけします」

いつもは形だけ「先輩」と呼びつつも、ため口に近いしゃべり方なのに、珍しく敬語になって頭を下げる。こういうのは迷惑とは言わねえんだ、と塩澤が返すと、話を聞いていたらしい浜部が、ドアの陰から顔をのぞかせてうんうんと頷いた。

絵梨世は「職場が温かい！」と笑って、カップに口をつける。

「あ、おいし。りんごとキャラメルの香り、これ飲んでみたかったやつです」

塩澤がうまく飲めない、小さな飲み口から、彼女は危なげなく上手に飲んでいる。白いプラスチックの蓋に、オレンジ色の唇の跡がついていた。

ミラーはフレンチカナディアンだった。元妻と娘が日本に住んでいたし、日本人の選手のコーチをしていたから、彼も日本に住んではいたが、国籍はカナダにある。手続きを経て、遺体はカナダの実家に送られることになるという。

絵梨世の母親の梨香子《りかこ》は今、仕事でフランスにいて、葬儀に出るのは難しそうなので、絵梨世が出席することになったそうだ。カナダには、遺族に香典を渡す習慣はない。代わりに絵梨世にいくらか包んで渡して飛行機代の足しにしてもらい、ミラーの実家には、彼女から住所を聞いて、カードを送ることにした。

塩澤は昔、ミラーと寝たことがある。現役時代と、引退してすぐのころに一度、絵梨世がこの会社に入ってくる前のことだ。

何がきっかけだったかはもう思い出せない。確か、プライベートで偶然会って、話の流れでお互い、男も女もいける、ということがわかったのだった気がする。彼の行きつけのクラブに連れていかれたことや、マンションで飲んだこと、そこで交わした会話を断片的に覚えていた。そのほとんどが、いい思い出とは言えないものだった。

ミラーは、プライドが高く、傲慢《ごうまん》で、口は悪いし、人を人とも思っていないところがあった。塩澤のことも、痩せすぎだの、なよなよしているだの、よく馬鹿にした。

たまに誉《ほ》めるときでも上から目線で、男尊女卑の気があったし、差別的な発言も多く、他人の身体的特徴をあげつらうのもしょっちゅうだった。

「男相手は何年もしてねえけど、まあいけるだろ。ダメだったら帰れよ」

初めて寝たときには、自分から部屋へ連れ込んでおいて、そんなことを言った。

彼はそのときすでに離婚していたが、モデルとの交際が噂されていた。そのことを事後に塩澤が指摘すると、つまんねえ奴、と舌打をされた。

「男は浮気に入らねえんだよ。うっかりガキができることもねえし」

うっかりってなんだよ、とさすがに呆れた。

清々しいほどのクズっぷりに、いっそ感動すら覚えて、塩澤が無言になると、ミラーは「なんだよ」と不機嫌そうに言った。

「あんたほんとに、スケートとセックス以外にいいところねえなと思って」

こちらも遠慮する必要はないと、思ったことをそのまま伝える。

「お互い様だろ」

ミラーはそう返した。

それで、彼が、塩澤のスケートとセックスについては認めているということがわかった。

セックスをしたのは二回だけだが、行動範囲が重なっていたので、偶然一緒になることがあり、そういうときは飲んだり話したりした。

しげしげと見られていると思ったら、「不細工だなおまえ」と、感心したような表情で言われたこともあった。彼には、辛辣《しんらつ》なことを言って、相手の反応を楽しんでいる、相手を試しているところがあった。

塩澤は、かなり雑な扱いを受けていたが、どうやら、それなりに気に入られているようだということは察していた。

その一方で、志藤のことは嫌っていた。塩澤が志藤を見ているのに気づいて、「ああいうのが趣味か」と鼻で笑ったこともある。塩澤と二人のときでも、他の誰かがいるときでも、志藤の話題が出るたびに、つまらない滑りだと、さんざんにくさした。

歪みのある人間が好き、というか、まっすぐな人間が嫌いなのか、と塩澤は察する。ミラーは、いわゆるボス猿タイプで、男としてもスケーターとしても一見志藤と似たタイプだったが、志藤とは決定的に違う部分もあった。ミラー自身が、どこか歪んでいた。

塩澤は塩澤で、自身の歪みを自覚していたし、都合よく利用しているのはお互い様だった。黙って一緒にいて、気を遣う必要がない、何か話さなければいけないなどと考えなくていいのが楽で、それはそれで悪くなかった。どちらも相手に対して、特に思い入れがなく、何も期待していないのがよかったのだろう。

ニュースサイトの文字列を見ていると、胸のどこかに小さな穴が開いたような心地がする。

理由が何にしろ、人間は死ぬという当然の事実に気づかされた。胸に穴を開けたのはミラーの死そのものより、その事実のほうかもしれない。

幼い子どものころ、両親が死んでしまったらどうしよう、と考えていたら怖くなって眠れなかったことがある。大人になってからは、あまり死を身近に意識したことがなかった。

自分が思っているよりも、人間は儚《はかな》い。いつ何があるかわからないのだ。

仕事が一段落つき、そろそろ帰るか、それとも何か食べてからもう一仕事するか、と迷っているとき、志藤から電話がかかってきた。彼は今日か明日には、グランプリファイナルに出場するためにフランスへ飛ぶ予定だったはずだ。終業時刻は過ぎていたので、スマホを持って、話しながら廊下に出る。

志藤は開口一番、ミラーの件、聞いたか、と言った。

「ああ、葬儀はカナダでやるみたいだから、俺はカードだけ送る」

『俺も送るから、送り先を教えてくれ。エリセは大丈夫か？』

「なんで俺に訊くんだよ。本人にかけてやれよ」

『いや、大変なときに電話をしても、かえって負担になるかもしれないから』

そういう気づかいをする男だった。

廊下を少し戻って、ほとんど人のいなくなったワークスペースに目をやる。絵梨世の荷物はもうなくなっている。

「いつも通りだったよ。気を張ってるからだろうけどな。いつでも帰っていいって言ってあったけど、定時まで仕事してた」

塩澤の知る限り、志藤はミラーとはあまり折り合いがよくなかったが、娘の絵梨世とは親しくしているようだ。女性のファンの前では意識的に貴公子然とふるまう癖のついている志藤が、絵梨世には素に近い、作らない態度で接しているし、絵梨世も、志藤に対しては塩澤相手のときよりも遠慮のない様子だった。

『そうか。急な訃報で俺も驚いたが……俺たちはともかく、エリセの場合は、疎遠になっていたといっても、親子だからな』

「フォローできることはするよ。エリセはいいって言いそうだけど、梨香子さんもすぐには戻れないだろうし」

『ああ、三池さんには多分どこかで会うから、お悔やみを伝えておく。おまえからのも』

本人と話をしながら、たとえば志藤が突然死んでしまったら、自分はどうするだろうと想像する。

生きていけない、ということはない。生きていたころの志藤と、自分が彼を好きだったことを折にふれ思い出しながら、それまでと変わらず生きていくだろう。

この男とセックスできたら死んでもいいとまで思っている相手を亡くしても、塩澤は、生きていく意味を失ったりはしない。生きていたって、志藤とセックスなんてできない。生きていても死んでいても、片想いが続くだけだ。

「グランプリファイナルだな。おまえも、もうあっちに行くんだろ」

『ああ、来週発つ』

見ろよ、といつものように志藤が言う。

見るよ、とだけ返した。

いつも見ている。言わないだけだ。

もう、並んでは立てない、同じ場所にはいられないけれど。

ずっとそこにいてくれよ、と、声には出さずに祈っている。

それもまたかなわない願いであることはわかっている。


そうやって電話で話した数日後、フランスでのグランプリファイナルの、公式練習でのことだった。中継のカメラが入っていた。塩澤は、終業直後の職場で、チームの仲間たちと一緒にそれを見ていた。半数はすでに帰宅して、塩澤を含む四人が、大きなモニターで観るためにその場に残っていた。

日本のテレビ局のカメラは、主に日本人選手を追いかけるから、必然的に、画面に映るのは日本人選手が多くなる。優勝の期待のかかる志藤は、特にカメラに映る時間が長かった。

調子はよさそうだ。彼が自己ベストを記録したショートプログラム用の衣装は、前回の大会からマイナーチェンジして、袖に飾りがついたようだ。きっと、腕をあげる動作をしたときに映えるだろう。早く見たい。

ステップを確認し終えた志藤が、後ろ向きに滑走を始める。ジャンプを期待して、カメラが彼の姿を追う。志藤が体を回転させ、進行方向を向こうとした瞬間、後方から勢いよく滑ってきた別の選手と衝突した。

あっ、とその場にいた誰かと、現場にいた誰かと、中継していたアナウンサーの声が重なる。同じように後ろ向きの滑走からジャンプに移ろうとしていた外国人選手と、進路が重なってしまったのだ。互いに、スピードが出ていた。

選手の中では小柄な志藤は体勢を崩したまま跳ね飛ばされ、リンク脇の壁に叩きつけられる。画面の向こうで悲鳴があがった。アナウンサーも『接触事故です』『志藤聖選手とミハエル・ヘンドリクス選手が衝突しました』と騒いでいる。スタッフがリンクへ駆け込んでくる。カメラはその様子を映している。

志藤は転倒したまま、動かない。

『志藤選手、立ち上がれません。大丈夫でしょうか』

『今、ちょっと変な倒れ方しましたね』

『志藤選手は以前にも交通事故で膝と腰を傷めて休養していたことがあるので、心配ですね』

『ちょっとこれは……この後の演技は、難しいでしょうか』

志藤と衝突した選手が、スタッフ二人に支えられてリンクから出ていくところが映った。続いて、担架にのせられて運ばれていく志藤が映るが、カメラはそれ以上追いかけない。

スタジオにいる司会者と解説の元フィギュア選手のやりとりは、聞こえているのに頭に入ってこなかった。

志藤はジャンプを跳ぶ動作に入っていた。そこで、同じように跳ぼうとしていた、自分より体格のいい選手と衝突したのだ。かなり勢いがついていた。体勢を崩して転倒したとき、体にかかった衝撃は相当大きかっただろう。

担架で運ばれたということは、自力で立ち上がれない状態だったということだ。

「シオさん、大丈夫ですか？　顔、真っ青ですよ」

声をかけられて初めて、自分が職場にいることを思い出す。

「ああ、ごめん、ちょっと現役時代のこと、思い出して」

取り繕ったつもりだったが、できていなかったらしい。

座ってください、と椅子を勧められる。大丈夫だと断った。一度腰を下ろしてしまったら、立てなくなりそうだ。

「シオさん、仲いいんですもんね。心配ですね」

心配そうな浜部に軽く頷いて、深呼吸をした。

現地にいる知り合いに電話をして状況を確認したい気持ちを押しとどめる。志藤のまわりにいるスタッフたちは、自分以上に混乱しているに違いない。今かけるのは迷惑だとわかっていた。

それに、おそらく、こちらに伝えられる情報は何もない。運ばれていった志藤のけがの状態は、専門家が検査しなければわからない。

大会を中継する番組の中で、新しい情報が入れば知らされるはずだ。今は待つしかない。

頭ではわかっているのに、なかなか気持ちが静まらなかった。

動かない志藤の姿が目に焼きついている。意識はあった？　なかった？　頭を打ったか？

指先が冷たくなって、震えていることに気づいて、ぎゅっと握りこんだ。

まずい。怪しまれる。ただの友人であるはずの自分が、こんなに動揺していたら。

深呼吸を繰り返した。

無意識に握りしめていたスマホが震え、はっとする。

着信だ。カナダにいる絵梨世からだった。

浜部たちに断って、部屋を出る。凍りついたと思っていた足は、一度動き出してしまえば、問題なく動かせた。

通話ボタンを押して耳にあてた瞬間、絵梨世の声が聞こえてくる。

『シオ先輩、大丈夫？　今、一人？』

『見てた？』

「見てた。皆でモニターで……今、部屋出て、一人になったとこ」

深く息を吐いた。深呼吸の効果がやっと出てきたのか、手の震えは止まっている。

「助かった。ちょっと頭真っ白になってて。電話を口実に、出てこられたから」

そう、よかった、と電話の向こうで絵梨世が言った。

『動揺してるかもって思ってかけてみたの。ちゃんとしゃべれてるし、大丈夫そうね』

絵梨世は、塩澤よりよほど落ち着いている。志藤と親しくしているのは変わらないのに、自分のほうが、年下の彼女に気遣われているのが情けない。

『ママに訊いたら、運ばれていくとき、意識はあったみたいだって。けがの程度はわからないけど』

「そうか、それだけでもわかってよかった。ほっとした」

今日の試合には出られるのか、それはさすがに無理だとしても、手術や長期の休養が必要なけがなのか、まだわからない。しかし、まずは強く頭を打っていないかが心配だった。

絵梨世は自分を安心させるために、他の選手に帯同して現地にいる母親に状況を聞いて、国際電話をかけてきてくれたのだろう。

「そっちも大変だろ。わざわざ悪かったな」

『いいの。冷静にね。何かあったらいつでも連絡して』

どちらが先輩だかわからない。

苦笑しつつも、心からの感謝を伝えて電話を切った。

絵梨世は、塩澤の志藤への気持ちを知っている。話したわけではなく、気づかれたのだ。

塩澤が今の会社に入って一年目、ようやく仕事に慣れたころ、ＮＨＫ杯の後のバンケットに呼ばれたことがある。アフターパーティーともいう、要するに、関係者たちの懇親会だ。自分はもう部外者だから、と一度は断ったが、皆会いたがっている、としつこく言われて顔を出した。

塩澤が会場に到着すると、いつもなら真っ先に近づいてくる志藤が見当たらなかった。知り合いに挨拶をしつつ探していたら、テーブルの前で、明るい色の髪をボブカットにした女性と話しているのを見つけた。

女の子、と呼んでもいいほど若い女性だ。塩澤や志藤より、五つは年下だろう。

彼女に何を言われたのか、志藤は盛大に顔をしかめている。へえ、と思った。志藤が女性に対してああいう表情をするのは珍しい。

志藤も何やら言い返しているが、女性のほうは聞き流しているように見える。

年の差はあっても、志藤と並んだ感じが、しっくりきていた。

見たことのある顔だとは思ったが、そのときは思い出せなかった。

挨拶をしに来てくれた顔なじみのスタッフに、あの子選手だっけ、と訊くと、塩澤も顔見知りのトレーナー三池梨香子と、アレックス・ミラーの娘だと教えてくれた。三池絵梨世。そういえば、昔、ジュニアにいたな、と思い出す。あの子か。

絵梨世がテーブルから離れると、志藤は別の女性に声をかけられ話し始めた。絵梨世に対していたときとは明らかに対応が違う。王者にふさわしく、朗らかで、自信に満ち、紳士的で、隙がない。いつ、どの角度から撮られてもかまわないようふるまっているように見える。

絵梨世に対するときの志藤は、自分を含む、仲間といるときの、カメラを意識していないときの顔をしていた。

塩澤は、ふーん、と思いながら飲み物を取りにいった。

志藤の元彼女なら何人か知っている。年下というのは初めてのケースだが、目鼻立ちのはっきりした美人タイプは前にもいた。前の彼女と別れてから三か月以上たっていたから、新しい相手ができていたとしても不思議はない。

塩澤と志藤とのつきあいも十年以上になり、これまでさんざん失恋の自棄酒につきあい、恋愛相談も受けてきた。今さら女性と一緒にいるところを見て、胸が痛むようなことはない。

志藤は二人目と入れ替わりにテーブルに来た三人目の女性との会話を終えた時点で、ようやく塩澤に気がついた。遅かったな、などと言うから、おまえがファンサービスに忙しかっただけだろうと返す。志藤は嫌味を嫌味とも受け取らず、ファンサービスは大事だからな、と笑った。

そのまま、流れるように自分の新しいショートプログラムについて語り出す。衣装に手を入れたことを塩澤が指摘すると、気づいてくれると思った、と嬉しそうにした。話題はジャンプのレベルを一つ上げたフリーに移り、別の選手のジャンプや振付への賛辞や分析へと移る。

スケートの話ができるのも、ドレスアップした志藤を間近で見られるのも久しぶりだった。しばらく堪能する。しかし、今日の主役の一人をいつまでも独占しているわけにはいかなかった。

先ほどから、向こうのテーブルにいる若い選手たちがこちらの様子をうかがって、志藤に話しかけたそうにしている。その中には、たった今、志藤がジャンプを誉めた選手もいた。

「俺にかまってないで、他の選手と交流してこいよ。俺とはいつでも話せるだろ」

志藤はさっと辺りを見回し、そうか、そうだな、と頷く。

「悪いな、俺が人気者なばかりに気を遣わせて」

「うぜえ」

片手にグラスを持ったまま膝蹴りの真似事をして、腿《もも》の裏に軽く当ててやる。オーダーメイドのスーツだ。脚を上げても引っ掛からない。このままでもドーナツスピンくらいは軽いし、その気になればレイバックスピンだってできるかもしれない。それはさすがに無理か。

志藤は、大して痛くもなかっただろうに「痛え」と笑い声をあげ、わざとらしくよろけるふりなどしてみせた。彼ほどの体幹の持ち主なら、びくともしないくらいの軽い蹴りだ。

「皆も、塩澤と久しぶりに話したいだろうしな。俺も俺で挨拶回りをしてくる。あ、勝手に帰るなよ、後でシニアにあがりたての選手たちに紹介するから。一人おまえのファンがいるんだ」

「へえ、物好きだな」

そう返しながら、もちろん悪い気はしない。

じゃあ後で、と片手をあげて離れていくのを見送った。志藤は次のテーブルにたどりつく間もなく、彼がひとりになるのを待っていたらしい若手たちに囲まれている。

塩澤もその後、何人かの懐かしい顔を見つけて話をした。近況を聞いたり訊かれたりしているうちに時間が過ぎ、少し休憩するつもりで人の多いエリアを離れる。

ドリンクのコーナーに行き、適当な酒を手にとると、首からデコルテの部分だけがレースになっているドレスを着た女性が横に並んだ。

志藤と話していた三池絵梨世だ。

ソフトドリンクのコーナーの前で、ジンジャーエールと烏龍茶のグラスを見比べている。パーティーを意識したのだろう、アイラインがしっかり入った、華やかなメイクだ。ラメ入りのマスカラがキラキラして、目元の印象が際立ち、よく似合っている。

遠目に見たときはミラーにはあまり似ていないと思ったが、こうして見ると、意志の強そうな目元と鼻筋に面影がある。ただし、瞳の色は違うな、と思ったとき、その茶色い目がふっとこちらへ向いた。

「何かついてる？」

しげしげ観察しすぎたようだ。あからさまにしたつもりはなかったのだが、視線に敏感な人はいる。

「いや、ゴメン。パーティーメイク、いいなと思って見てた。特に、ラメ使いのセンス」

不躾《ぶしつけ》に凝視していたことは間違いないので、素直に謝罪した。

絵梨世は意外そうに目を瞬《またた》かせた後、数秒間沈黙し、「あなたも」と口を開く。

「靴とシャツの色が合ってていいなって思ってた。現役時代の衣装もいつもダントツでよかったし。髪型も衣装の一部にしてる感じが、わかってるなって感じで」

ずいぶんと具体的に褒《ほ》められている。口調は素っ気なくても、社交辞令とは違う、本心からの言葉だとわかった。今度はこちらが、意表を突かれる。

「知ってるんだ、俺のこと」

当たり前でしょ、と彼女は呆れたように言った。

「ちょっとでもフィギュアをやってて、塩澤詩生を知らない人間なんている？」

　私は二年で辞めちゃったけどね、とつまらなそうに付け足す。

　それで、空気が緩《ゆる》んだ。塩澤はシャンパン、絵梨世はジンジャーエールのグラスをとってテーブルを離れる。

「ホームリンク、同じだったよな?」

「そっちこそ、知ってたんだ。私、本当に短い期間しかいなかったのに」

　すっかり大人になっていてわからなかった、と言ったら、おじさんぽいと言われるかもしれない。あるいは、口説いていると思われてもよくない。そう思って、さっき思い出した、とだけ言っておく。

　なんとなく、二人一緒に移動して、会場を見渡せる壁際に立った。

「つきあってないから、安心して」

　グラスを口元に近づけながら、絵梨世が口を開く。

「私、志藤聖とはつきあってないから。そもそも好みじゃないし、あっちも多分そうよ」

　どきりとした。

　塩澤は、性的指向をオープンにしていない。まして、志藤に片想いしているなどと、誰にも言ったことはなかった。それを気づかれた?

　いや、――以前にも、気づかれたことはある。一人だけ。

　思わず絵梨世を見る。「何のことを言われているのかわからない」という表情をするのが正解だったのに、そうする余裕もなかった。しまった、と思ったが、絵梨世はこちらを見ていなかった。ジンジャーエールを飲みながら、会場の人々に目を向けている。

　彼女がどういうつもりで言ったのか、わからない。

しかし、少なくとも、悪意は感じない。

「……俺も、あいつのことは好みじゃない」

彼女がどの程度確信を持っているのかもわからなかったから、はっきり否定も肯定もせず、ごまかしがきくような言い方をした。

今からでも、とぼけることはできる。しかし、絵梨世が好奇心から言っているようには思えなかった。声にも表情にも、からかうような色はなく、こちらを脅そうとする意図も見えない。

ここで会話を終わらせてしまっては、彼女が何故そう思ったのかを知ることができなくなる。本当に気づいているのか、探りを入れる意味でも、「勘違いだ」と切り捨てるわけにはいかなかった。

墓穴を掘る結果になったら、冗談に乗っただけだと言い訳すればいい。

しかし絵梨世は、

「そうなんだ。そういうの関係なく、好きになるときはなるものよね」

なるほど、といった様子で小さくうなずき、

「でも私、彼氏がいるし、シドー……先輩とは合わないと思うし、やっぱりライバルにはならないはずだから。警戒しないでいいよ」

なんでもないことのように、そんなことを言う。

どこか志藤に似ている、と思った。何故そう感じたのかはわからない。目の強さか。迷いのなさか、頑固そうなところか。

好みじゃないと言ったのはそういう理由だろうか。自分に似ているものを感じて、だから、恋愛対象にならないということもあるかもしれない。

絵梨世がグラスを持ったまま隣に立つ塩澤を見上げ、ようやく目が合った。

「私、あなたのファンなの。誤解されたままは嫌だと思っただけ。言いふらしたりしないから、それも安心して」

とにかく、悪意がないのはわかった。

息を吐いて、「わかったよ」と返す。

少し変わっているが、悪い人間ではなさそうだ。志藤に似ていると感じた時点で、言ってみれば、勝敗は決していたようなものだった。塩澤はすでに彼女に好感を持っていた。

「けど、ライバルも何も」

おかしくなって、思わず口元が緩む。

「俺は、土俵に上がるつもりはないから」

言ってしまった後で、ああしまった、これでは認めたようなものだ、と気づく。

ほとんど初対面のような相手に言うことではなかった。いくらなんでも、心を許すには早すぎる。

それなのに、自分の不用意な発言を後悔する気持ちは、不思議と湧いてこなかった。

ほんの一瞬、認めてもいいんじゃないか、という気持ちがあった。言ってみれば、テンションがあがってしまったのだ。

誰かに知ってほしかった、気持ちを聞いてほしかったのかもしれない。

志藤本人はもちろん、一生誰にも話すことのない想いだと思っていたから、目の前に現れて、「もう知っている」と匂わせた彼女にすがりたくなったのか。

彼女を信じられる根拠なんて、この数分間の印象しかないにもかかわらず――これまでずっと隠してきたのに。

自分の中にあった弱さに気づかされ、それと同時に、今さら、胸の奥で恐怖が湧いた。拒絶されたら、手のひらを返されたら、どう対応するのが正解か、急激に冷えた頭が考え始める。

絵梨世がゆっくり瞬きをして、ラメののったまつげが上下する。

彼女は塩澤を見つめて言った。

「ドヒョウって何？」

フレンチカナディアンの父を持ち、母親との二人暮らしになってからも日本を離れている時期が長かった彼女は、日本の国技から来る慣用句を知らなかった。

絵梨世がこの会社に入社したのは、それから二年ほど後のことだ。


リンク上での衝突事故の後、志藤と相手の選手は、グランプリファイナルを棄権した。

男子シングルの試合開始直前にその知らせが入り、少し遅れて、同じ番組で、二人のけがの状況も報じられた。

志藤は、複数箇所の打撲のほか、右膝の靱帯断裂で入院することとなった。

志藤が右膝の靱帯を傷めるのは、これで二度目だ。

再起不能なんてことになったら、と想像しただけで血の気が引き、その夜は眠れなかった。

新しい情報など何もないのに、インターネットの複数のニュースサイトで、事故に関する記事を何度も読んでしまう。いてもたってもいられなくなり、フランス行きの飛行機の予約サイトを見にいったりもした。

入院の手続きや、保険関係で、困っていることがあるかもしれない。自分はフランス語も多少できるから、近くにいれば役に立つこともあるかも――などと、今月のスケジュールを確認したところで、我に返った。志藤はトップアスリートだ。病院には通訳が同行しているだろうし、トレーナーもマネージャーもいる。自分の助けなど必要としていない。むしろ邪魔になるだけだ。

第一、塩澤と志藤の関係は、ただの友人だ。仕事を休んで海外まで見舞いに行くというのは、ただの友人の距離感ではない。

冷静にならなければならない。一人暮らしの部屋の中をうろうろと歩き回り、深呼吸をし、シャワーを浴びても無駄だったので、深夜にバスタブに湯をためた。鎮静効果があるというハーブの香りのバスオイルを入れて、肩まで浸かる。しまいには、頭の先まで湯舟に沈んだ。頭を冷やすはずが何をしているのかと自分でも思ったが、そうしている間は、余計なことを考えなくて済んだ。

ここで自分が気を揉んでいても仕方がないのはわかっていた。それでも、考えずにはいられない。

できることなど何もない。

自分は志藤の家族でも恋人でもなく、今や、ライバルですらない。

外聞を気にせず見舞いに駆けつけたところで、周囲を困惑させるだけだ。こういうときにそばにいる権利を持っていない。

連絡をすることすら、迷惑になるのではないかと躊躇《ちゅうちょ》した。見舞いのメールや電話など、山のようにあるだろう。それに、今の志藤は、まともな精神状態ではいられないはずだ。そんなときに、遠いところから何を言っても煩《わずら》わせるだけではないのか。

ただ心配していると伝えることに何の意味があるのか、「大丈夫か」などと訊かれても、大丈夫だとしか応えられないではないか。相手に気を遣わせるだけなら、そんなものはただの自己満足だ。

無事か知りたい、声が聞きたい、そんな風に思うことも、今まさに痛みや悔しさや不安と戦っているだろう志藤に、甘えているだけのように思えた。

メールを何度も書いては消し、書いては消して、明け方に「できることがあったら言ってくれ」とだけ書いたものを送った。

しばらくして、ありがとう、と志藤から返事が届いた。

来季の試合はすべてエントリーを取り消すことにしたらしい。

渾身のプログラムを披露できなくて残念だ、しばらく治療に専念する、と書いてあった。

いつもより短いメールの文面から、落ち込んだ様子は伝わってこなかったが、落ち込んでいないはずがない。こちらにそれが伝わらないようにしているだけだ。

結局、気を遣わせてしまった。

自分のエゴと、無力さを、思い知らされただけだった。

塩澤はスマホを握りしめた手を、額に当てて目を閉じる。

リンクの上にいてくれ。

自信に満ち溢《あふ》れた王者のままでいてくれ。おまえのままでいてくれ。

手が届かなくてもいいから、見えるところにいてくれ。

志藤の回復を心から願っている。けれど、その祈りは自分のためのものだった。

翌朝、塩澤が出勤すると、デザインチームの瀬尾《せお》と浜部が衝突事故の話をしていた。

今日もグランプリファイナルの中継があるし、朝からまたニュースで事故のシーンを流していたから、それを見ていた流れなのかもしれない。

「膝は前にも傷めてるからな……ジャンプとかにもろに影響あるし」

「でも、前回のけがって結構前ですよね？　確か、交通事故でしたっけ。競争相手だった選手のファンに轢《ひ》き逃げされたとか……」

「いや、その噂は眉唾だけどな」

立ち話をしていた彼らは塩澤に気づいて話をやめた。朝の挨拶を交わし、平静を装って席に着く。

「シオさん、志藤選手に連絡したんですか？」

「いや、今は大変だろうから。もう少し落ち着いてから、と思ってる」

「あ、そうですよね」

一晩かけて冷静になったはずだったのに、また胸が騒ぎ出している。

何もできないとわかっていても、何もしないでいることがもどかしくてたまらない。何度も考えたことを、また考えてしまう。

志藤には専門のスタッフがついているのだから、治療のサポートで自分にできることはないが、見舞いの品を送るくらいならいいだろうか。かえって迷惑になるかもしれない。それなら、ひっそりと願掛けでもしようか。神社に百回お参りすると願いが叶うというような話を聞いた気がする。健康やスポーツ関係にご利益のある神社をネットで探そうか。

そんな考えが次々と頭に浮かぶ。そのたびに打ち消しては、落ち着け、と自分に言い聞かせた。

公表していなくても、塩澤のセクシャリティについて知っている人間はいる。過剰な行動で志藤との関係を疑われれば、面倒なことになる。

自分と志藤は友人だ。自分のほうに違う気持ちがあると気づかれるわけにはいかない。志藤にも、誰にもだ。

自分は志藤の身内ではなく、海を越えて駆けつける理由がない。ここから、一日でも早い回復を祈るしかない。友人として、元ライバルとして、今できることがない以上、こうして一人で考えを巡らせていても仕方がない。頭を切り替えなければ。志藤に迷惑をかけないためにも、そして、志藤の友人で居続けるため、つまりは、自分のためにも。

自分の仕事をして、自分の生活をする。

深呼吸をして、背筋を伸ばし、パソコンのモニターに向きなおる。

カナダにいる絵梨世から、塩澤を気遣うメールが届いていた。

3

衝突事故から一年と三か月が過ぎた。もうじき春が来る。志藤は休養を続けている。

彼が手術を終えて日本に帰ってきたときに一度会い、その半年ほど後にもう一度会った。二度目に会ったときは、サポーターもとれ、すっかりこれまで通りの姿だった。

もう痛みもないと言い、自分の足で歩いていたが、日常生活が送れることと、氷上で四分間演技をし、四回転を跳ぶ競技に復帰できるかは別の話だ。手術から一年がたっても、志藤が大会にエントリーしたという話は聞こえてこなかった。

メールや電話の頻度も、前より少なくなった。これまで、連絡してくるきっかけはいつも、新しいプログラムがどうとか、大会に向けての調整がどうとか、共通の友人である海外の選手がどうしたとか、スケートに関する話がほとんどだったから、休養中は話題がなくて当たり前だ。けがの具合を訊いても、はっきりとしたことは答えない。彼自身もわからないのだろう。最後に会ったとき、「大分よくなってはきたが、なかなか前のように跳べるまでにはならないようだ」と膝をさすりながら言っていたのを思い出し、メールでも、そのことには触れないようにした。誰よりもどかしいのは志藤だろう。

一度だけ、できることはあるかと訊いたとき、志藤は、負傷直後に送ったメールへの返事と同じように、ありがとう、大丈夫だ、と答えた。膝に関する話をしたのは、それきりだ。

塩澤は塩澤で、この一年で急に仕事が忙しくなった。大人数が関与するプロジェクトが動き出したり、動き出したと思ったらそれがスポンサー企業の都合で白紙になってしまったりとばたばたして、気がついたら何か月も経っていた。

余計なことを考えなくて済むという意味ではよかったのかもしれない。

スマホの履歴をさかのぼると、志藤と話したのは、三か月も前だ。最後のメールは一か月前。大人の友人同士の連絡する頻度なんて、こんなものだろう。用事がなければ、メールも電話もしないのが普通だ。

さびしいと思う暇もないよう、忙しくしていた。

そんな中、六本木にあるナイトクラブ「ＤＩＣＥ」から、デザインの依頼が来た。クラブ内のバーで、若者に人気のジンジャーエール専門店とのコラボカクテルを販売するにあたり、期間限定で、インテリアをそれに合わせたものに変えたい、という内容だ。店舗デザインは塩澤の専門外だが、内装に合わせて店員のコスチュームもデザインしてほしいとのことで、塩澤のチームにも声がかかったのだ。内装担当のチームと連携をとりながら進めていく形になるので、少し毛色の違う、おもしろそうな仕事だった。

3Dデータはもらっているが、やはり実際の店も見ておきたい。そう依頼主であるクラブのオーナーに申し出たところ、「店の造り自体は営業時間外にじっくり見てもらうことにして、まずは営業中の様子を」と招待してもらえることになった。

「DICE」には、以前にも来たことがある。何年も前なので、雰囲気も変わっているかもしれないと思っていたが、店内の様子は、それほど変わっていなかった。これまで思い出すこともなかったのに、紫色の照明と音楽で記憶がよみがえる。最後に来たときに座ったのは、確か、一階の壁際のボックス席だった。

店内は薄暗く、紫色の照明が音楽に合わせて点滅したり、ミラーボールが回ったりするので、壁や床の本来の色もよくわからない。感じとれるのは店の雰囲気くらいだ。

オーナーには「お客様の気分を知るためにも楽しんでください」と言われている。半分は接待のようなものだと理解していた。あとは、客層を見て、どんな内装や衣装が彼らを喜ばせるかを考えるくらいか。

塩澤は、用意してもらった二階のVIP席からダンスフロアを見下ろす。

国籍を問わず、様々な客が酒を飲み、笑い、踊っていた。

海外からの旅行客も多いし、女性客もかなり多い。「DICE」では曜日によって女性のエントランスフィーを無料にしていて、今日もそうらしかった。

一緒に来たデザインチームのメンバー三人のうち、瀬尾と横山はダンスフロアへ下りている。

瀬尾は今三十代だが、十年前にはクラブ通いをしていたらしくそのころのことを思い出して昔の血が騒ぐらしい。横山は横山で、初めてのクラブに興味津々といった様子だ。先輩風を吹かせる瀬尾についていった。残った浜部は、塩澤の隣で居心地悪そうにしている。彼女も、こういった場所は初めてのようだ。

「シオさん、慣れた感じですね」

「あー、まあ、来たことあるから……。久しぶりだけど」

そうなんですか、と浜部は瞬きをする。

「ちょっと意外です。シオさんて見た目はあれだけど、うるさい場所って嫌いそうじゃないですか」

「あれって何、あれって」

衣装に合わせて髪の色を変えていたこともあって、現役時代は奇抜だと言われることが多かったが、ファッション業界の人間としては突出するほど派手でもないはずだ。塩澤が小突くふりをすると、浜部はごめんなさい、と笑って首をすくめた。

「私、こういう場所、ちょっと苦手かもです。人が多いし、音も大きいし、ライトがチカチカして」

「慣れないと落ち着かないよな」

音楽に興味がなく、他に目的もないと、何を楽しめばいいのかわからないかもしれない。塩澤自身も、こういう場所に集まる客はファッションにも気を遣っていることが多いので見ていて楽しいとは思っていたが、大音量のクラブミュージックや、店の雰囲気には馴染めなかった。酒は好きだが、バーの隅で静かに飲むほうがいい。こういう場所での出会いや刺激は求めていない。この場にいるのが苦痛とまでは言わないが、仕事でもなければ、わざわざ来ようとは思わない。

酒を飲まない浜部は、なおさらつまらないだろう。それに彼女には小学生の子どもがいて、一刻も早く帰りたいはずだ。

「雰囲気つかむならもう十分だし、浜部さんは帰っていいよ。全員三十分で帰りましたってわけにはいかないから、俺はもうちょっと飲んでく」

「え、でも……いいんですか。これも仕事じゃ」

「無理することないって。全員いる必要もないしさ。外まで送ってくよ」

浜部は明らかにほっとした様子だった。

店内の階段を下りて、彼女を店の外まで送る。

バーカウンターの前で酒を待っているらしい客の一人と目が合った。体にぴったりとしたミニドレスを着た女だ。

通り過ぎるとき、意味深に微笑まれる。ファンかもしれないと思って反射的に笑顔を作り、今の自分はもうスケーターではないのだと思い出した。

もともと不愛想で人見知りだったのを、パフォーマーには愛嬌も必要だと言われて矯正したせいで、向けられた笑顔や拍手や声援に対しては、笑みを返すのが習い性になっている。志藤のようには笑えないが、なんとか笑顔に見える表情は作れていたはずだ。

そのまま一歩店を出ると、全身を包むように鳴っていた音楽が遠くなった。ひんやりとした空気が、酒で火照った頬に心地いい。

浜部がタクシーをつかまえるのを見届けて、時間を確認するためにスマホを取り出し、画面に志藤の名前が出ていることに気づく。一時間近く前に、着信があったようだ。

スマホを開くと、メールも届いていた。

『話したいことがある』

どきりとする。

自分が志藤に引退することを伝えたときも、メールで予定を確認してから電話をかけた。

一歩横にずれて店の出入り口の前を空け、メールを返す。

『今六本木』『仕事の下見』

返事を送ってすぐにまた着信があった。店に入ろうとしていたところで足を止め、早えよ、と苦笑する。

塩澤は電話を放置した。しばらくして着信を告げる振動が止まってから、

『今いる場所じゃ落ち着いて話できねえし、大事な話なら、会って聞く』

そうメールを送った。店の外に出ている今なら電話で話せるが、志藤からの電話をこんな場所で受けたくなかった。それに、今話して、聞きたくないことを聞いてしまったら、この後、横山や瀬尾の前でいつも通りふるまえるかわからない。心の準備ができていない。一応、ここにいるのも仕事の延長線上なのだ。

怖いことをただ先延ばしにしているだけかもしれない、と自覚しながら送ったメールの画面を眺めていたら、またすぐに返事が届く。

『それもそうだな、わかった』

電波でつながったすぐ向こう側に志藤がいて、今、自分へメールを打っている、という実感があって、そんな小さなことで、じんわりと嬉しくなった。

スマホをパンツのポケットにしまい、店に戻る。

まだ店を出ていなくてよかった。志藤と話すのを先延ばしにしても、いつまでも話さないわけにはいかない。志藤のことだから、明日にでも会おうと言ってくるだろう。

塩澤は常に、最悪の事態を考えている。

自分が引退したとき、志藤との関係は切れるかもしれないと覚悟していた。そうはならなかったが、それは、幸運だっただけだ。

志藤がスケートをやめたら、つながりは今度こそ切れてしまうだろう。

友人であり続けることはできるかもしれない。しかし、間違いなく、何かは変わる。そしておそらく、少しずつ関係は薄く、細くなり、やがて年末年始にメールの交換をする程度の関係になる。

自惚《うぬぼ》れでなく、志藤が自分を特別な友人として扱っているのはわかっていた。それは、自分がスケーターで、彼のライバルだったからだ。今は違うが、それでも、スケーターだった塩澤を、志藤は忘れずにいて、今もその延長線上に置いている。

志藤がそうするのは、彼がスケーターだからだ。

志藤が滑らなくなったら、すべては変わってしまうだろう。

塩澤も、他人のことは言えなかった。塩澤だって、何より志藤の才能に惹かれたのだ。スケーターでなくなった志藤を、今と同じように想い続けられるのかは自分でもわからない。

塩澤がスケーター・志藤聖を忘れることはないし、一生愛しているだろうが、今と同じようにではなくなるかもしれない。

今の状態が幸せすぎるだけで、いつ失われてもおかしくないものだった。そのことをいつも忘れずにいようと思っていた。それなのに、いざとなったら、動揺している。

志藤が滑れなくなる日のことを考えなかったわけではない。けれど、もっと先だと思っていた。

一人で部屋にいたら、何を言われるのだろうと、またひたすら考えてしまっていたところだ。もう何杯か飲んでおかないと、今夜も眠れそうにない。

店内に入ったとたん、再び、全身が音楽に包まれる。足元からずんずんと振動が伝わる感覚で、一瞬思考も音に呑まれた。すぐにまた戻ってきたそれを頭から振り払い、バーカウンターへと向かう。大音量の音楽とこの振動と、酒があれば、気を紛《まぎ》らわせるくらいはできるはずだ。

そういえば、以前来たときはミラーと一緒だった。この店に来たのは二回だけで、そのどちらも彼に連れられて来たのだ、と思い出す。

自分は、常連だったとはとても言えず、店員も含め、店内を見回しても知っている顔はない。しかし、自分の顔は知られているかもしれないので、みっともない酔い方はできない。

飲み慣れた、さほど度数の強くない酒を注文して待っていると、

「シオちゃん？」

後ろから声をかけられた。

警戒しながら振り返る。立っているのは、白っぽい色の髪――暗い店内と紫のライトのせいで正確な色はわからない――を短くした若い男だ。

目が合うなり、彼はぱっと表情を明るくして、「やっぱり」と言った。

「髪型変わってたから、一瞬わかんなかった。久しぶり！　覚えてる？」

覚えていない。

少なくとも、しおちゃん、などと気安く呼ばれるような間柄ではないはずだが、薄っすらと、どこかで見たことがある顔のような気がしてきた。

「あー……えっと、ミラーの」

当たりをつけて言ってみると、彼はうんうんと大きく頷く。

「そうそう、ダチの。喜田《きだ》。前もここで会ったよね」

この店で声をかけられたということは、ミラーの知り合いの可能性が高いと思った。正解だったようだ。

あいつのこと、残念だったね、と喜田は声のトーンを落として言う。塩澤が頷くのとほぼ同時に、喜田の後ろから、派手めな男女が顔をのぞかせた。

「あ！　塩澤詩生！　だよな？　スケートの」

「嘘⁉　すご！　本物じゃん」

喜田の連れのようだ。喜田は振り向いて、半歩横にずれ、彼らに塩澤が見えるようにして、説明を始める。

「アレクの連れでさ、前に一回会ったの」

「あー、アレックスの。そっかそっか」

「何、誰？　アレックス。誰の連れ？」

「ほら、前スケートやっててさ、コーチになって……」

やりとりを眺めている間に思い出してきた。喜田は確か、ミラーの友人の連れだった。男二人でボックス席にいたのは自分たちと彼らくらいで、合流して男四人になって、しばらく一緒に飲んだ、気がする。彼らを見たとき、おそらく二人は恋人同士か、そうでなくてもかなり親しい間柄だろうと思った。喜田と一緒に来ていた男は、今日はいないようだった。

「何、二人ともスケートとか詳しかったっけ？」

「ていうか普通に知り合いだったからさあ。声かけられて会場スタッフのバイトしたりとか。大学んとき」

「スケート、あたしシドーヒジリしかわかんないんだけど」

「あっ俺見たことある、志藤。アレックスの娘とつきあっててさあ。今はどうか知らんけど」

　男性のほうが、得意げに話し始める。その二人はつきあっていないらしい、と自分が説明するのも妙な空気になりそうなので、塩澤は黙って視線をカウンターの奥へと向ける。絵梨世を連れてこなくてよかった。酒はまだか。

「その子と志藤が話してんの見て、アレックスが血相変えてさ。何かのパーティーのとき。俺らが必死になだめてさあ」

「えーそうなんだ、修羅場一歩手前みたいな？」

「そうそう。皆いるから、マスコミとかも来てるから、って説得して。あんな遊んでそうな男に娘はやれん！　みたいな感じだったのかな？　別にいちゃいちゃしてたわけじゃなくて、普通に話してただけだったんだけどさ」

「えー、シドーイケメンだし、人気だし、娘の彼氏だったら自慢じゃんね」

　喜田はちらちら塩澤に、気遣うような視線を向けているが、連れの男女が気づく様子はない。

「そのすぐ後に志藤、轢き逃げにあっただろ。ほら、ケガして大会出られなくなったやつ。あの場にいた奴ら、結構、まさか……みたいな空気になったもん」

「あ、それは知ってる！　誰かがファンにやらせたんじゃないか、みたいな噂あったよね。その人かあ」

「いや、さすがにないだろうけどさ。まあ、アレックスにはラッキーではあっただろうな」

　その大会のことなら覚えている。ミラーの最後の試合だ。塩澤も出場していたが、志藤の事故の報せを受けて動揺し、結果はさんざんだった。四位に終わり、表彰台にも上れなかった。優勝したのは、それまで低迷気味だったミラーで、有終の美を飾る形になった。

「て言っても死んじゃったんだけどな。去年だか一昨年だか。女絡みで揉めて、殺されたんじゃないかって噂があって……」

男はまだ話を続けている。ようやく出てきた酒のグラスを受け取り、塩澤がカウンターから離れようとしたとき、喜田が無言で男の脇腹を突いた。男はなんだよ、というように喜田を見て、それから、喜田が申し訳なさそうに塩澤を見ているのに気づいたらしく、ばつが悪そうな表情になる。

「ごめん、あの……」

喜田が前に出て、何か言おうとする。それを見て塩澤もやっと気がついた。

喜田は自分を、ミラーの愛人だったと思っているのだ。

「たまに遊んでただけだから」

やんわりと、自分に気を遣う必要はない、と伝えてやると、喜田はほっとしたように、もう一人の男と視線を交わした。連れの男の表情も和らぐ。

「じゃあ、新しい遊び相手を探さなきゃな」

「今は仕事で手一杯だけどな」

軽く答えて、「じゃあ」とグラスを手にとり、カウンターを離れた。

二階のボックス席へ戻る途中に振り向いたら、喜田たちがダンスフロアへ散っていくのが見えた。

うまく切り抜け、その場を離れることができて、ほっとしていた。

現役を引退した身ではあるが、皆、今でも自分を元スケーターとして見ている。フィギュアスケーター全体のイメージダウンにもなりかねないと思うとうかつなことは言えないし、できない。

VIP席に、瀬尾や横山の姿はなかった。瀬尾の上着だけが置いてある。海外では荷物を残して席を離れるなんて考えられない――あっというまに盗られてしまう――ので、こうして荷物だけが置いてあるのを見るたびに日本は平和だな、と感心してしまう。

階上からフロアを見下ろして、一階のテーブル席に二人の姿を見つけた。テーブルの上にはグラスがある。ボックス席に落ち着かず、喉を潤したらまた踊りに戻るのだろう。楽しんでいるようで何よりだ。

自分も踊れば気が紛れるだろうか。

音楽を聴けば体が動くが、踊りたい気分ではなかった。

喜田の連れが話していたことを思い出して、パンツのポケットからスマホを取り出し、「アレックス・ミラー　転落」で検索をかけてみる。女と揉めただの殺されただの、根拠のない無責任な噂だとしても、絵梨世の耳に入らないとも限らない。知っておいたほうがいい。

ネットニュースに混じってSNSや匿名掲示板への書き込みが表示され、それを追っていくと、近隣住民の目撃談など、嘘か本当かわからない情報がいくつか見つかった。転落後に駆けつけた警察官が、ミラーが転落する前誰かと会っていたことはなかったかと聞いて回っていたとか、ミラーの死体が何かを握りしめていたらしいとか、別れた元妻のところまで警察が事情を訊きにきていた、というものもある。ミラーが握りしめていたのは犯人が身につけていたアクセサリーで、突き落とされる際に最後の抵抗で引きちぎったのだと自説を交えて書いてあったり、どう考えてもミラーと同じマンションの住人しか知らないようなこと、たとえば、警察の聞き込みが何月何日何時ごろに行われたというようなことが書いてあったりもした。

ネット上では、他殺だったのではないかとする説が多数のようだ。ミラーは人の恨みを買いやすい男だったので、そう考える人間がいるのはわからなくもない。

その次に多いのが、全盛期の栄光を忘れられず、将来を悲観して飛び降りたのではないかという説だったが、自殺は塩澤の知るミラーのイメージとは一致しない行動だ。

何かよくないクスリでも試して錯乱したか、ハイになるかして飛び降りたのではないかという書き込みもあった。ミラーのプライベートを知る人間が書き込んだのかもしれない。ミラーは薬物を常用してはいなかったが、以前、クラブなどでわけてもらって試すことがあると話していた。

ＳＮＳの検索結果を閉じ、メールのアプリを開く。ついさっき届いたばかりの志藤からのメールを読み返し、別フォルダへ移して保存して、またスマホをポケットにしまった。話があると言っていた。何の話だろう。

考えないようにしようとしていたのに、さっきのあの男が志藤の話などするからだ。

あいつのスケート、もう見られねえのかな。

ふっと頭に浮かんだ考えに、胸に冷たい風が吹き込むような心地になる。

いつかそんな日が来ることはわかっていた。そのいつかが少しでも遠ければいいと、自分のことは棚に上げて願い続けていた。

思ったよりも早かったが、その日が来てしまったのなら、受けとめるしかない。志藤の話を、いつまでも聞かずにいるわけにはいかないし、逃げ続けていればその日が訪れないわけでもない。

そして、引退が避けられないことなら、せめて直接、志藤の口から聞きたいし、彼の選択を尊重し、門出を祝福したい。それが、自分と彼との関係の終わりの始まりを意味するものだとしても、友人として、笑って送り出すのだ。

そうするために、自分の準備をしておかなくてはならなかった。

ソファの背もたれにこめかみをつけた姿勢で、ぼんやりとダンスフロアを眺める。どうすべきかはわかっているのに、すぐには正しい方向へ歩き出せなかった。

お互いに違う業界に行ってしまったら、これまで以上に、会ったり連絡を取ったりする機会は減るだろう。塩澤はそれを、仕方がないことだと思っている。自分からの連絡を増やそうとか、ちょくちょく飲みに誘ってどうにか会おうという風には考えない。

今だって、志藤から誘われれば断らないが、自分から誘うときは、頻繁にならないよう気を遣う。声が聞きたいというだけの理由で電話をしたりはしないし、久しぶりに会えて嬉しくても、喜びすぎないように気をつけている。普通の友人の距離感をはかろうとして、慎重になりすぎて、おまえは薄情だ、と志藤に拗《す》ねられることもあった。

必死に我慢をしているわけではなく、もはやそれが癖になっている。

何かおかしいと、志藤に違和感を持たれてしまったら終わりだ。二度と今のような関係に戻れなくなることが、何より怖かった。

静かな場所では自分の思考がうるさくなるから、なるべく雑音のあるところにいたいと思ったけれど、これだけの大音量の音楽の中にいても、考えずにはいられなかった。

酒だ。酒が足りない。

薄めに作られた酒を一気に飲み干し、立ち上がった。

再び階段を下りて、カウンターへ向かう。

せっかく音のあるところにいても、一人でじっとしていると、とりとめもないことを考えてしまっていけない。瀬尾と横山がまだフロアに出ていなかったら、彼らのテーブルに合流するつもりで、同じ酒を注文した。

目の前にグラスが置かれ、手を伸ばしたとき、

「それ、何?」

真横から声がかかった。少し舌っ足らずな、甘い声だ。

髪を潔いショートにした美人が、カウンターに腕をのせてこちらを見ている。

「ジンバック」

塩澤が答えると、彼女は体半分の距離を詰めて手元を覗き込むようにした。

その仕草で、細い首と肩のラインが強調される。切れ長の目にキャットライン、ユニセックスな香水、ピアスが左右の耳に、合計八つ。どれも似合っている。

「飲んだことない。レモンを絞ってた?」

「ああ、レモンジュースとジンジャーエール。と、ジン」

「おいしそう。それにすればよかったかな」

飲んでみる? と言うと、彼女は嬉しそうに身を乗り出してきて、グラスに口をつけた。

暗い店内でもわかるくらい彼女の唇は艶やかなのに、口紅はグラスにつかなかった。リップティントのようだ。飲み食いしてもキスをしても落ちないやつだ。

「おいしい」

「そのままどーぞ」

「いいの? あ、じゃあ、交換しよ。まだ口をつけていないから」

彼女は塩澤のほうに、タンブラーを押しやった。

色からするとコーラのようだが、タンブラーのふちにライムかレモンのスライスが挿《さ》してある。

彼女が、ラムコークだと教えてくれた。

「かんぱーい」

彼女は塩澤が注文したジンバックのグラスを、ラムコークのタンブラーにかちんと当てる。塩澤もタンブラーを軽く掲げて口をつけた。

フィギュアスケーターは、フィギュアスケーターというだけでモテる。最近こうして外で遊ぶことが少なくなっていたから忘れていた。現役でなくなった今でもご利益があるとは、ありがたい話だ。

長年片想いしている相手のことはしばし忘れてラムコークを飲みながら、行きずりの美人と、軽く探りあうような会話を楽しむ。まずはお互いに「アリ」なのか、そのようだとわかったら、今まさに遊び相手を募集中なのか、今夜のところは会話を楽しんでおしまいにするのか。

正直に言って、今は遊びたい気分ではなかった。しかし、そういうときこそ、気分を変える何かが必要なのかもしれない。

流れに任せてみようかという気になったとき、ふわ、と体が浮き上がるような妙な感覚があった。

あれ、と思う。

体調不良？　飲みすぎたか？　いや、自分の許容量くらいわかっている。

そういえば、なんだか暑い。頭の芯は冷えているが、その周りにぼんやりと膜がかかっているようだ。

そこまで自覚して、しまった、と気づく。クスリだ。

現役時代は気をつけていた――それ以前に、シーズン中はこんな場所で酒なんて飲まなかった。ミラーに連れてこられたときも、二度目のときは引退後だったし、一度目はシーズン外だった。

気を緩めすぎていた。知らない相手から勧められた酒に口をつけるなんて、危機意識が低すぎた。

呼吸を整え、平静を装ってミネラルウォーターを注文する。

こういう場所であることを考えると、一番可能性が高いのは、意識や身体の自由を奪うような、いわゆるレイプドラッグの類だろうか。

引退してすぐのころ、ミラーにハイになるという合法ドラッグを盛られたことがあるが、体質に合わなかったらしく、ほとんど効かなかった。ダウナー系がどう作用するかは経験がないからわからない。

いずれにしても、酒は一口しか飲んでない。体に入った成分はわずかなはずだ。瀬尾と横山に声をかけて、VIP席へ戻って少し休んで、タクシーをつかまえて帰ろう。醜態をさらす前に。

ショートカットの彼女は、蠱惑《こわく》的な仕草で首をかしげ、ミネラルウォーターを呷る塩澤を見ている。

「酔っちゃった?」

「……かな」

彼女がわざと自分にこれを飲ませたのか、彼女自身も酒に何かが混入されていたことに気づいていなかったのか、判断がつかなかった。

女性の飲み物に薬を混ぜるやり口は珍しくない。彼女が自分に声をかける前に、誰かがよからぬことを考えたのか。いや、それならこの状況で近づいてもこないのはおかしいか? しかし、スケーターを引退してもはや一般人の自分が、一服盛られる理由も思いつかない。

頭が回らない。

「大丈夫？　あっちで座る？」

「いや、帰るよ。飲みすぎた」

ものすごく眠いときのような浮遊感が、水を飲んだら少しましになった。

何も知らないかもしれない彼女に冷たくするのはかわいそうなので、短く応える。

彼女は残念そうな表情になった。

強引に引き留めてこないということは、薬を盛ったのは彼女ではなかったのかな、と思いつつ、飲み干したミネラルウォーターと、ほとんど残ったラムコークのグラスをカウンターの隅へ押しやる。

塩澤だって、美人を残して立ち去るのは残念ではあるのだ。

後ろ髪を引かれつつカウンターから離れようとした塩澤の腕に、そっと華奢《きやしや》な手が添えられた。

ラメのラインが引かれたネイルだ、とどうでもいいところに目が行く。

指先を見ている塩澤の注意を自分のほうへ戻そうとするかのように、斜め下の角度から、彼女が言った。

「キスして。そしたら帰らせてあげる」

おお、と声が出そうになる。

こんなドラマのようなセリフは初めて言われた。しかも、ナイトクラブで、初対面の美人に。もっと意識がはっきりしているときに聞きたかった。

めったにないおいしいシチュエーションなのに、それを堪能する余裕がないことを嘆きながら、塩澤は改めて彼女を見る。見られることに慣れているのか、彼女は笑顔で視線を受けとめ、目を逸らさなかった。

「俺のファン？」

「そういうことにしておいてあげてもいいよ」

自分を知ってはいるようだ。

美人だし、外見は結構好み。中身はさておき。

カメラとかいないよな、いたって別に、俺は独身だし、引退した身だし、と働いていないはずの頭が回り出す。正しく回っているのかどうかは怪しいが。

いいか、キスくらい。むしろラッキーだ。ファンサービスということにしておこう。

心を決めて塩澤が体を少し彼女のほうへ傾け、顔を近づけたとき、

「いた。探したぞ」

ぐい、と首に腕をかけられた。そのまま引っ張られ、彼女から引き離される。まだ触れてもいなかったのに。

何ごとかと思ったのは一瞬で、腕の持ち主が誰なのかは声でわかった。嗅ぎ慣れた香水の香りで確信は強まった。

しかし何故ここにいるのかがわからない。

「し、」

「失礼。急用ができまして。行くぞ」

最初の二言は目を丸くしている女性へ、最後の一言は塩澤へ向けた言葉だ。

「志藤？　は？　え、なんで」

「会社の人たちのことは気にしなくていい。エリセにメールして、連れて帰ると言っておくから」

首にかけていた腕を少しずらされた。傍から見れば、友人同士が肩を組んで仲良さげに歩いて

いるように見えるだろう。

店の外へ出ると、ふっと呼吸が楽になった。意識していなかったが、緊張していたのか。

大きく息を吸い込んで吐いて、頭も少しすっきりする。志藤は店を出るとさっさと腕を放して、塩澤が態勢を整えるのを待っていた。

塩澤は深呼吸をしながら、久しぶりの生の志藤を盗み見る。体幹がしっかりしているから、立ち姿がきれいだ。ぴんと背筋が伸びて、体の線が足先まですっと一直線につながっている感じがする。アスリートの体だ。休養中でも衰えていないのは、見ればわかった。ほっとする。

血色はいつもいいが、店の入り口のライトに照らされた頰がほんの少し赤みがかって見えるから、彼も素面《しらふ》ではないのかもしれない。

太陽の下にいるのが似合う男だ。しかし、夜の空の下にいるところもなかなかいい。暗い中でも輝きが失われない。

盗み見のはずが、志藤がこちらを見たせいで目が合ってしまった。

見とれていたと知られるわけにはいかない。恨みがましい口調で「美人だったのに」と呟いてごまかした。

「邪魔したか？」

「……いや、助かったけど」

答えを聞いて、志藤は「そうだろう」というような笑顔になる。

「水を買うか？　あっちに自販機がある」

「いや、さっき飲んだから……なんで」

「明らかに様子がおかしかったからな」

嫌がらせで美人といるのを邪魔したわけではなかったらしい。自分では平気なふりをしているつもりだったが、端《はた》からはそう見えなかったようだ。

「珍しいな。飲みすぎか？」

「何か混ぜられてたっぽい」

まじか、と志藤は目を丸くする。

「日本でもあるんだな、そういうこと……大丈夫か、病院に」

「いや、そこまでじゃない。そもそも一口しか飲んでねえし。体質に合わなくて気持ち悪いだけで」

動いたせいで、また頭がぐらぐらし始めた。邪魔にならない場所に移動して壁にもたれる。

目を閉じるとましになった。腕に冷たいものがあたって目を開けると、志藤がミネラルウォーターのボトルを差し出している。塩澤が目を閉じて休んでいるほんの少しの間に、自販機で買ってきてくれたらしい。

「いらないなら俺が飲むから」

「いや、もらう。サンキュー」

キャップを開けるのに手間取っていたら、志藤がさっと横から手を伸ばして開けてくれた。

さっきグラスいっぱいの水を飲んだばかりなのに、沁《し》みるようにうまい。

喉を鳴らして飲むのを志藤は黙って見守っている。どうにも落ち着かなかったが、目眩《めまい》はなくなった。

人心地ついて、改めて視線を合わせ、

「来るの早すぎねえ？」

頭に浮かんだ疑問を投げる。

メールのやりとりをしてから、一時間も経っていなかった。それに、塩澤は六本木にいると書いただけで、店の名前を伝えてはいなかったはずだ。

「割と近くにいたんだ。電話をした後、エリセから、ここにいると聞いて向かっていたからな」

最初から、直接会って話すつもりだったんだ、と志藤は朗らかに言う。

吹っ切れたような顔をしやがって。塩澤の胸に複雑な思いが湧く。

いや、引退するとは限らない。では、話とは何だ。復帰するのか？　しかしそれなら電話で済ませるだろう。

まさか結婚の報告じゃないだろうな。

塩澤がペットボトルのキャップを閉めると、志藤は道路の反対側、客待ちのタクシーが並んでいるほうへ顔を向けた。

「落ち着いたならそろそろ移動するか。店を変えてもいいし、タクシーをつかまえても」

「……いったん戻る。二階のＶＩＰ席に荷物があるから」

荷物といってもジャケットだけだが、席に置いたままだったので、店の中へ取りに行く。階段を上るのが危なっかしいと言って、志藤もついてきた。肩を貸したりはしなかったが、すぐ後ろに控えている。足を踏み外しでもしないかと思われている。

あのショートカットの美人が一階のテーブル席にいるのを見つけた。気まずい。目が合わないように前だけを見て歩いた。

横山はトイレに行っていたが、瀬尾がこちらに気づいて駆け寄ってきたので、酔ったから先に帰ると説明する。瀬尾は志藤がいることに驚いていた。横山がいたらもっと騒いでいただろうから、タイミングがよかった。ジャケットをとって、階段を下り、フロアの端を通って出入口へと急ぐ。

　喜田とその仲間たちもフロアにいたが、いたたまれないので、気づかないふりをして通りすぎた。

「見られてるな」

「そりゃそうだろ」

　志藤はおもしろがる表情だ。

そういえばさっきのはちょっとドラマみたいだったな、などと楽しげにしている。

「彼氏ですっていってやればよかったか？　キスくらいして見せてやるか？」

「やめろバカ」

　ふざけて肩を抱くので、顔を押しやる。やっぱり酔ってるなこいつ。

「絶対ごめんだ」

　酔っ払い同士がふざけているようにしか見えないだろうが、誰が見ているかわからない。火のないところに煙をたてる奴はどこにでもいて、まして塩澤のほうには、抑え込んで隠している火種があるのだ。客の中には、喜田のように、塩澤のセクシャリティを知っている人間もいる。

断固たる口調で言いながら、どうしてこう間が悪いのか、と腹が立つ。何が悲しくて、片想いの相手からのスキンシップを拒絶しなければならないのか。

「絶対しない」

　再び店の外に出たのと、ほとんど自分に言い聞かせるかのように強く、塩澤がそう言ったのが同時だった。

「えっ」

「え？」

二人の後ろで扉が閉まる。

互いに間の抜けた声をあげ、顔を見合わせる形になった。

待て、えっ、て何だ。

それも冗談かと思ったが、志藤は純粋に驚いた表情をしている。

「いやなんでそこで驚くんだよおかしいだろ。ていうか冗談におまえ」

「いや、そりゃあ、冗談だけど」

「ショックを受けた顔をするな」

「行きずりの女とはしようとしてたくせに……」

「いやだから。おかしいだろ。行きずりの美女と自分を同列に並べんな」

そういえば志藤のチームには、フィギュア界では珍しい、カリフォルニア生まれのスタッフがいた気がする。トレーナーだったか。その影響か、あっちじゃキスは挨拶だからな、と納得しかけ、いや、ここは日本で、志藤は日本人だ、と思い直した。キスアンドクライや海外遠征中ならともかく、六本木で、酔っ払うたびにこんな調子では、いつか週刊誌に撮られる。

素面のときに一度説教をしておいたほうがよさそうだ。自分だけは合法的にキスをしてもらえる方法があれば一番いいが、さすがにそんなうまい話はない。キスと引き換えに、志藤の評判に傷をつけるわけにはいかない。

塩澤の葛藤を知ってか知らずか、いや、絶対に知らないだろう志藤は、釈然としない、といった表情をしている。

「なんだよその顔。してえのかよ」

「いや、したいわけじゃないが、しないと言われると何か悔しい」

正直だ。喜べばいいのか嘆くべきなのか、怒るところなのか、微妙なところだった。

無自覚に残酷な男だ。

「俺はおまえの推しスケーターだろう?」

「それとこれとは別」

その通りだが自分で言うか、と思いつつ答える。

「しかも親友だろう」

「それも別」

友人ではなく、親友、と言われてくすぐったい気持ちになりながらまた答える。

「俺はこんなにイケメンなのにか」

「しない。絶対、しない」

この野郎、と思いながら、わざと、一音一音をはっきりと発音して言ってやった。

志藤はむう、と眉根を寄せ、納得がいかないといった表情をしている。酔っているからか、表情や感情表現がいつもより少し若い、というか、幼い。

小悪魔系女子か。まったくその気がない相手にも、可愛いと言われないと機嫌を損ねるというあれか。

泣いてもいいかな、と塩澤は心中で呟いた。

キスなんかしたいに決まっている。酔いに乗じて、ノリということにして、どんな理屈だって捏《こ》ねて、したい。しかし志藤は現役のアスリートなのだ。しかも、最高の。

「ていうかおまえ、ほんと、何しに来たんだよ……」

「大事な話」に怯えていたのに、とうとう自分から訊いてしまった。

脱力して、また目眩がぶり返してきそうだ。

志藤は、「ああ、そうだった」と頷いた。

やっと本題に入れることが嬉しいのか、不満げな表情は消え、笑顔になっている。

「俺が滑れなくなったんじゃないかと、気を揉んでいるようだと聞いたからな。ずいぶん心配をかけたし、直接伝えるのが礼儀だと思った」

俺もさすがにしばらくは落ち込んでいたんだが、現実を受けとめることにした。そう言って、志藤は姿勢を正した。

「受け入れがたい現実でも、立ち止まってはいられないからな。歩き出さないと」

志藤はもう、これから先のことを決めたのだ。

お前も受けとめろと、そう言われている気がした。

心の準備などできていなかったが、もう逃げられない。元ライバルとして、親友として、それが緩やかな別離に続く選択だとしても。

息を吸い、そのときに備えた。

六本木の道端で向かい合う。

ナイトクラブの音楽が、ドアごしにかすかに聴こえている。

「俺は、以前のようには跳べなくなった。これからまた跳べるようになる日が来るかどうかもわからない。悔しいが、今の俺では、男子シングルの舞台では戦えない」

真剣な表情で、志藤がはっきりと言った。

塩澤は、ああ、やはり、と思う。

目眩は収まっていた。予期していたからか、思いのほか冷静に、志藤の言葉を聞くことができた。

志藤が話し終えたら、何と言葉をかけたらいいか、考える。そうか、お疲れ、残念だけど、おまえならどこででも、何をしても――。

ちゃんと言えるだろうか、言わなければ、そう考えていたせいで、「そういうわけで」とやけに明るい声で志藤が続けたときは、一瞬、虚を突かれた。

「来季から、アイスダンスに転向することにした。まずは東京大会、それから東日本選手権だな。当然、予選からだが」

は、と声が出る。

何を言われたかわからなかった。

アイスダンス？

「記者会見で発表するから、それまでは他言無用だ。記者会見をすることは明日リリースされる。会見自体は明後日」

頭がついていかない。

アイスダンス、とただ呟いた。

志藤は、ああ、と頷く。

「ちょうど姉がパートナーを探していたからな、これも運命かと思って」

志藤の姉はアイスダンスの選手だ。確か、全日本での優勝経験もある。そのパートナーに――

引退ではなく、転向。

志藤聖はまだ、氷の上から去らない。

それを理解した瞬間、ぶわっと体の内側から喜びが湧きあがった。

気を抜くと涙さえ出てきそうだ。

人目も気にせず目の前の志藤に抱きつきたくなるのを、ペットボトルを持った手に力を込めてこらえる。

志藤は塩澤の反応に、満足そうに笑ってから続けた。

「それで、だ。本題はここからなんだが」

「は⁉」

これ以上の本題があってたまるか。自分にとってもフィギュア界にとっても、どう考えても今年一番の大ニュースだった。塩澤が思わず声をあげるのにかまわず、

「俺は当然、予選を通過する。全日本を目指すプログラムも決まっている。東京大会には間に合わないかもしれないが、絶対にその先へ行くから」

志藤は、自信に満ちた表情で言う。

「フリーのプログラムに合わせて、俺に衣装を作ってくれ。東日本選手権でお披露目だ」

絶対に断られることなどないと確信している目だ。

高らかに宣言する声を、塩澤は啞然として聞いた。

頭がついていかなくて、間抜けに見つめ返すことしかできない。

しかしもちろん、キラキラと輝くその目を前にして、断ることは考えられなかった。

4

一年と三か月の間休養し、引退すら噂されていた志藤聖が記者会見を開き、アイスダンスへの

転向を発表すると、当然、世間は沸き立った。

たまたま大きなニュースと重ならなかったということもあってか、ワイドショーや報道番組でも取り上げられ、コンビニの店頭で見かけたスポーツ新聞には、「王者の帰還　次はアイスダンス」という見出しが躍った。

志藤の復帰を待っていたのは自分だけではなかったのだと、塩澤は嬉しかった。

衣装デザインを任された身としては、期待はプレッシャーにもつながるが、それでもやはり、嬉しいほうが勝つ。

塩澤は絵梨世と待ち合わせたカフェのオープンテラスで、店の前の道を歩いていく人たちを眺めた。

「アイスダンスってことは、新しいプログラムを見られるってことでしょ？　超楽しみ」

「あたしあれ好きだったんだ、シドーの、ファントム・オブ・ジ・オペラ」

高校生くらいの女の子二人がそう話しているのが聞こえ、思わず口元が緩む。

そうだよな。あれ、かっこいいよな。

俺もすげえ楽しみだよ、と名前も知らない女子高生に心の中で話しかけ、彼女たちの一日が楽しく有意義なものになりますように、と勝手に祈った。

「にやにやしすぎよ、シオ先輩」

向かいの席で、絵梨世が呆れた表情で頬杖をついている。

暦の上では春だとはいえ、今日は気温が低く、上着なしでは肌寒い。それにもかかわらず彼女が待ち合わせ場所にテラス席を選んだのは、塩澤への配慮だろう。他人に聞かれたくない話をすることを見越している。

記者会見の後すぐに、正式に志藤サイドから衣装デザインの依頼が来て、塩澤の会社も大騒ぎになった。

塩澤が衣装デザインを担当することはまだ秘密だが、当然、チームの一員である絵梨世とは情報を共有している。しかし話したいのはそのことではなかった。仕事の話なら会社でできる。

「本人から直接聞いたんでしょ？　やっぱりシオ先輩は特別なのね」

「あー……記者会見の予行演習みたいなもんじゃねえか。反応を見たかったんだろ、たぶん」

自分が志藤にとって特別なのは知っているが、彼が自分に向ける気持ちが、自分が彼に向けるそれとは違うのも知っている。勘違いして喜びすぎないようにしようと思っていても、やはり、嬉しいものは嬉しいので厄介だった。

現役のころは、誰よりも互いを驚かせてやりたくて滑っていた。そして、引退して滑らなくなった後も、志藤は自分をライバルのように扱ってくれている。

いつまでも続きはしないだろう。しかし、一緒に滑って、競って、特別なライバルとして見てもらえた。それだけで、これから先の人生を生きられるほどの幸せだった。今の時間は、ボーナスステージのようなものだ。

「絶対わざとだよな、あの記者会見も。見ただろ、直前まで、記者会見を開くとしか言わないで、引退かと思わせておいての転向発表。俺に言いにきたときもそうだったんだ」

こっちは引退宣言に備えて心の準備をしてたってのに、とぼやきながら塩澤はラテの蓋を開けた。

志藤はどうも、世間を騒がせるのを楽しんでいるふしがある。ストイックなスケーターなので、求道者のイメージが強いが、結局のところエンターテイナーなのだ。

「そういえば、シオ先輩が悪酔いして辛そうだったのをシドーが連れ出したって聞いたけど」

瀬尾や横山から聞いたのだろう。絵梨世に言われて塩澤は頷き、聞いてくれ、と話し始める。

自分の醜態をわざわざ後輩に語って聞かせる趣味はないが、その前後については誰かに話したかった。記者会見が終わって、志藤から正式な依頼が来て、絵梨世と二人きりで話せるタイミングを待っていたのだ。

志藤から話があるとメールが届いていたこと、店で会った美人とグラスを交換して、うっかり混ぜ物入りの酒を飲んでしまったこと、そこへ志藤が現れたこと、その際のやりとりについても、すべて話した。絵梨世はふんふんと興味深げに聞いている。

「ドラマみたい。シドーはそういうの好きそうだけど」

「ドラマだったらキスくらいはしてる流れだったな」

実際、志藤はそういうノリだったのだ。

便乗せず、理性の力で押し返した自分を誰か誉めてほしい。絵梨世が誉めてくれると思ったわけではないが、自分の努力を誰かに知ってほしくて、話を続けてしまった。

「あいつ酔ってたし、たぶん俺に転向の件を話すことに意識がいっててテンション高かったし、一生に一度のチャンスだったのに。もったいないねえ。夢に見そう」

「なんでしなかったのよ」

「ドーピング基準のことが頭に浮かんで……」

ああ、と絵梨世が頷く。彼女も元スケーターで、両親もフィギュア関係者だから、理解してもらえると思っていた。

ドーピングの検査は、いわゆる抜き打ちという形で、競技会外で行われることもある。試合の前だと、ドーピング基準に引っかからないようにサプリを控えたり、風邪をひいても薬すら飲まずに治す選手もいるくらいだ。

　酒に何か混ざっていると気づいた瞬間、最初に頭に浮かんだのはそのことだった。もうとっくに競技から引退した身だというのに、今検査をされたら出場停止だ、と思った。それくらい、アスリートは体に入れるものには敏感だ。

　昔、一時期つきあっていた相手がスモーカーで、煙草を吸った直後の口が辛かった。志藤が「キスくらい」と冗談を言ったとき、それを思い出したのだ。酒や煙草どころか得体の知れない薬を飲んだ口で、アスリートにキスなんてできない。冷静になってみれば、キスで交換される唾液に含まれる量の成分なんて微細なもので、検出できるかどうか怪しいのだが、何せ酔っていたので、あのときはそこまで頭が回らなかった。

「考えてみりゃ、あいつまだ休養中だし、チャンスだったんだよな……」

　あーもったいない、しとけばよかった、ついでに舌くらい入れとくんだった、あの流れならノリでいけたのに。一生に一度のチャンスだったのに。今さら悔やんでも仕方ないけど。

　テーブルに突っ伏してうじうじとぼやき始めた塩澤を、絵梨世は悠然と眺め、

「まあ、シオ先輩が元気そうでよかったわ」

　と言った。

「そういえばシドー姉弟のデビュー戦、いきなり東日本選手権を狙うんですってね」

「そうらしいな。デビューっつっても、ペアを組む清華《せいか》さんは優勝経験者だし、志藤は男子シングルのメダリストだし、まあ妥当なとこだろ」

　通常は東京選手権大会に出て、その成績で出場が決まるのだが、二人のそれぞれの実績に鑑み

れば、シード枠が用意される可能性は高い。

「アイスダンスの選手になるためには、テストがあるのよね？　シングルの級持ちでも、別途受けなきゃいけないんでしょ。シドーがテストなんか受けてたら、そのあたりから漏れそうなもんだけど、よく記者会見まで話が漏れなかったわね」

「受けたのかな。ペア競技は、片方がテストを受けていなくても、パートナーがプレゴールド以上を持っていれば出場できるらしいから、清華さんのパートナーってことでパスしたのかも」

志藤の姉の清華は実力のある選手で、前回のオリンピック出場は逃したが、国内トップクラスであることは間違いない。志藤はアイスダンスは初挑戦とはいえ、男子シングルの世界王者で、姉弟ペアには期待がかかっているはずだ。二人とも華のある選手で、確かな実力に加えて、人気も高いとなれば、多少の特別扱いは当然だった。

東日本選手権での成績次第で、全日本選手権に出られるかどうかが決まる。その勝負の舞台のフリーダンスで、志藤は、塩澤のデザインした衣装を着ると言っている。

これからブラッシュアップして完成したプログラムと新しい衣装を、東日本選手権で派手にお披露目するつもりらしい。

きっと話題になるね、と言って、絵梨世は期間限定の甘いホットドリンクを一口、小さな飲み口から器用に飲んだ。ミラーの訃報を聞いたとき塩澤が差し入れたものとは、また別のフレーバーだ。

「シオ先輩が作ったとなったら、衣装も注目される。東日本の次は全日本、その次は世界よ」

「勝てばな」

「勝つでしょ。志藤清華に志藤聖よ？　シオ先輩の衣装でね」

勝つ、というのはすなわち、優勝だ。

志藤はアイスダンスは初挑戦だ、そんな甘いものじゃないだろう……と言いたいところだが、確かに志藤が負けるところは想像できない。自分以外の相手に。

十代のころから世界でも戦ってきたから、志藤が一位でなかったことは何度もあるが、無様な姿を見せたことは一度もなかった。彼のスケートは堂々として美しかったし、転倒しても立ち上がった。勝っても負けても、王は王だった。

跳ばなくなっても、一人でなくても、また、志藤のスケートを見られるのだ。

しかも、自分の作った衣装で滑る姿を。

自分が現役を退いたとき、もう、ともに戦うことも並ぶこともできないと思ったのに、まさかこんなチャンスを与えられるとは思わなかった。ボーナスステージにしては豪華すぎる。

絵梨世は塩澤が何か言うのを待っているようだったが、いつまでたっても黙り込んでいるのでしびれをきらしたのか、また一口ドリンクを飲んでから訊いた。

「嬉しくないの？」

「死ぬほど嬉しい」

間髪入れずに答える。

「でも、なるべく考えないで、仕事にだけ集中するようにしてる。幸せすぎてどうにかなりそうだから」

絵梨世は少し笑った。年下なのに、姉が弟に向けるような目だ。

「なんでも協力するからね」

「うん」

やはり、目元と鼻筋がミラーに似ている。塩澤は彼女をミラーの娘としてではなく、絵梨世個人として認識しているが、こうして顔を見たときに、ふと、彼らが親子であることを思い出すこともある。そして少しだけ後ろめたさを覚える。

顔はともかく、中身は似ていないと思っていたが、考えてみれば、絵梨世の観察眼の鋭さは父親譲りなのかもしれない。ミラーも、塩澤が志藤を見ていることに気づいていた。

二十一歳のときに一度、引退してすぐに一度、ミラーと関係を持った。

二度目は、少し自棄になっていた時期だ。

それからしばらくして、たまたま仕事で行ったホテルで顔を合わせる機会があり、バーに呼び出されて酒にはつきあった。そのとき三度目を誘われたが、断り、もう寝ない、と伝えた。あんたの娘に会ったから、と言ったら、ミラーは引き下がり、それきり誘ってはこなかった。

＊＊＊

東日本選手権の会場、群馬県前橋市にあるアイスアリーナのリンクサイドに、塩澤は立っている。数年ぶりだ。選手をやめてからは、立つことがなくなっていた。

現役時代、このリンクで滑ったことがある。しかし、自分が滑る前にここから見た景色と、今見ているものは違って見えた。スケート靴を履いているかどうかの違いかもしれない。物理的にも、精神的にも。

観客席は、ほぼ埋まっていた。

東日本選手権は、本来は東日本の各ブロックの選手権大会で選考された選手が競うものだが、志藤たちはフィギュア委員会に参加資格を認められて出場しているので、観客のいる場で滑るのはこの東日本選手権が初めてになる。

予選のとき、フリーダンスのプログラムや衣装は未完成だったから、これが本当のお披露目だ。

衣装をデザインするにあたり、振付や体の見え方を確認する目的で、練習は何度か見学した。映像では繰り返し見ているし、微調整のため、衣装をつけての練習も見せてもらった。しかし、練習と本番は違う。

志藤聖の復帰戦であり、志藤姉弟組のデビュー戦なのだ。

この大会は、そのまま、全日本選手権の予選にもなる。

自分が滑るときと変わらないくらい、緊張していた。

志藤たちは現時点で二位だ。ショートダンスはライブ配信で観た。

塩澤はフリーの演技もテレビで観るつもりだったのだが、会社から会場入りの許可が出て、近くで観られることになった。邪魔をしたくないので観客席で観ようとしていたら、塩澤の顔を知っているスタッフたちに見つかり、気がついたら首からパスを掛けられてリンク脇にいた。自分は裏方だからと固辞する声は無視された。どう考えても、志藤の指示だ。見つけ次第引っ張ってこいと言われていたに違いない。

塩澤が衣装デザインを手がけたことはすでに発表されている。志藤サイドは、それも含めて話題にしたいのだろう。

この試合はライブ配信されている。

リンクサイドにいる塩澤も、いつカメラに抜かれるかわからない。間違っても、自分が志藤に恋をしているなどと知られてしまうようなことはできなかった。長年隠し通してきたのだ、表情に出るようなことはないはずだが、絵梨世やミラーには気づかれた。油断はできない。自分の顔は見えないので、気合を入れて唇を引き結ぶ。

『二番、志藤清華、志藤聖組』

志藤たちの番号と名前と、ホームリンク名がコールされる。

コールに応えて二人がリンクに出ると、それだけで氷上がぱっと華やかになった。

志藤清華の身長は一六〇センチ弱で、志藤との身長差はそれほど大きくない。体格差があまりないと、リフトをする際男性側の負担が大きいが、衣装デザインをする上ではバランスをとりやすかった。

何より重視したのは演技の邪魔にならないように、そして、美しい彼らを、より美しく見せることだ。

黒から白へのアシンメトリーなグラデーションで、ところどころ濃淡を変え、ビジューやビーズを配置している。事前に振付を確認させてもらい、まず最初と最後のポーズが映えるよう計算した。腕をあげたり伸ばしたりしたとき、二人の衣装がつながって最も美しいグラデーションになるようデザインしてある。

リンクに立つ志藤を見る。研ぎ澄まされた体だ。一人で戦うことに慣れた、刃のような美しさがある。

しかし彼はこれから、一人で戦うのではない。パートナーと踊るのだ。そのことを意識して衣装を作った。

曲は、「メリークリスマス・ミスターロレンス」。塩澤もかつてシングルで滑ったことのある曲だ。

静かに始まる音楽に合わせて、二人が流れるように滑り出す。

何年も滑っているプログラムであるかのように、なめらかなスケーティングだった。ひとつひとつのエレメントが美しい。志藤は、シングルのときからそうだった。それが、二人そろうとさらに圧巻だ。並んでのサーキュラーステップが、ぴったり合って少しもずれない。

おそらく配信では、姉弟ならではの息の合った滑りです、と実況されているだろう。姉弟そろって派手好きで負けず嫌いなのが、いいほうに作用したと見える。ペアを結成したばかりとは思えないほど高難度の技を取り入れていて、それがばっちり決まっている。

志藤聖は休養を経ても少しも衰えていなかった。それどころか、ジャンプを封印している分、表現力が増しているように見えた。

腕を伸ばすたび、伸びた指先から、きらきらと光が散るようだ。

衣装の出来や見え方を気にしながら見ていられたのは最初の数秒だけだった。いつのまにか、呼吸を止めて見入っていた。

曲が終わり、二人が動きを止める。

わっと拍手と歓声が起こった。

自分が滑っていたわけでもないのに、はあっと息が漏れ、全身から力が抜ける。

美しいものを見た。見る前は緊張していたが、見ているときはそれを忘れていた。

終わりではなかった。志藤聖のスケートは、ここから、再び始まる。その出発の場に立ち会えたことは幸せだった。身内でも何でもないのに、勝手に、誇らしいような気持ちになっていた。

音楽が止むと同時に氷上で抱き合った姉弟は、キスアンドクライに戻ってきて、コーチとも抱き合っている。清華がコーチの頰にキスをして、コーチもキスを返した。

スケート靴のブレードにカバーをつけていた志藤が、顔をあげてこちらを見る。額に汗が光っている。やったぞ、というように笑顔で近づいてくるので、塩澤からも数歩分の距離を詰めた。今日くらいは素直に賛辞を伝えよう。

両手を広げて抱きしめられた。ありがとう、と聞こえた。

「おまえのおかげだ」

感極まって泣き出しそうになりながら抱きしめ返す。ありがとうはこちらのセリフだ。

背中に回っていた手が緩み、体に隙間ができる。目を見て「最高だった」と伝えるために塩澤が口を開きかけたとき、志藤の顔が近づいてきて、唇が触れた。

視界いっぱいに志藤の顔がある。すぐに離れて、また、ぐっと抱きしめられた。自分の右肩に額を押しつけた志藤が、「最高の気分だ」と言った。

ひゅー、と口笛を吹き、手を叩いているのは、志藤のスポーツトレーナーだ。確か、そう、カリフォルニア出身の。

何が起きたのか、そこでようやく理解する。

キスをされた。口に。志藤から。頬にしようとしてずれたのか、最初から口にしたのかはわからない。

コーチや家族にするのと同じ、まったく欲のにおいのないキスだった。そんなことはわかっているが、しかしとにかく、キスはキスだ。

何だこれ、夢？

泡のような思考が次々と浮かんでは弾けてまとまらない。

まじか。ラッキー。カリフォルニア生まれのトレーナー、でかした。おい今カメラ回ってたんじゃねえの。俺今どんな顔してるんだろう。バレてねえよな。

心の準備をさせてくれ。もう一回してくれ。

勘弁してくれ。

志藤は点数と順位の発表を待つために移動して、塩澤はその場に一人残される。

じゃあ後で、というように背中を軽く叩かれたが、それに反応すら返せなかった。

拍手と歓声は続いている。

点数が表示される。

目を覚ましたとき、隣には誰もいなかった。

カーテンの隙間から漏れる光で、朝が来たのだとわかったが、ベッドサイドの時計は、普段の起床時間の一時間前を示している。

さんざん飲んだ割には、すっきりとした目覚めだった。ベッドから下りて、下着と部屋着を身に着け、リビングへ向かう。

昨夜、テーブルの上に林を作っていた酒瓶や空き缶は片づけられている。いつも通りの室内だ。人の気配はどこにもない。トイレにも、シャワーにも、彼の姿はなかった。

リビングの窓は開いていて、カーテンが風に揺れている。どうりで肌寒いと思った。寝る前に閉め忘れたのだろうか。開けた記憶はなかったが、かなり飲んでいたからわからない。近づいて窓を閉め、ついでに鍵もかけた。

それにしても、彼は一体どこにいるのか。

室内を見回すと、チェストの一番上の引き出しが少しだけ開いているのに気がついた。こちらも閉め忘れだろうかと、深く考えずに近づいて閉めようとして、ちらりと見えた引き出しの中に違和感を覚える。一番上の段を引いてみると、そこにあったはずのものが消えていた。

彼が持ち出したのだろうか。確かめてみたところ、他にも、見当たらないものがある。

何がなくなっているのかがわかって、眉をひそめた。不穏な想像をしてしまう。まさか、と思いつつ、自分で閉めたばかりの窓のほうを振り返る。

チェストの上の観葉植物の陰で、置いたままにしていたスマホがちかちかと光っている。新着メッセージがあることを示すランプだ。その横を通り過ぎ、窓へと向かった。

嫌な予感がした。

窓を開け、狭いバルコニーに出る。手すりに近づき、そっと手をかける。心臓が早鐘を打っている。

思い過ごしであってくれと祈りながら、見下ろした。

Ⅱ　回転

1

銀杏並木の下を歩いて、待ち合わせ相手の指定したカフェへと向かう。

青山は久しぶりだ。前から歩いてきた若い女性が、志藤を見て「あ」という表情をした。こういうことはよくある。志藤は顔を知られている。

志藤が目元と口元を緩めて小さく会釈をしてみせると、彼女はぱっと口を閉じ、一瞬迷うようなそぶりを見せた後、

「あの、優勝おめでとうございますっ」

早口に言う。

東日本選手権の配信を見てくれたのだろう。顔が赤く、勇気を出して声をかけてくれたのだとわかった。

彼女に笑顔を返した。

「ありがとう」

数日前、志藤は姉とペアを組んで初出場した東日本選手権で、逆転優勝を決めた。ショートでは出遅れたものの、フリーの演技はノーミスで、会心の出来だった。もちろん、まだスタート地点に立ったに過ぎない。すべてはここからだ。それでも、素晴らしいスタートを切れたと思っている。

こうして、見てくれた人から、好意的な声をかけてもらえることもある。

朗らかな気分で再び歩き出した。

葉が落ちて、銀杏の木の下は黄色い絨毯《じゅうたん》を敷いたようになっている。

毎年、銀杏の葉が道路に散っているのを見ると、季節を感じる。

秋は一番好きな季節だと、以前塩澤が言っていた。暑くも寒くもないし、服装で遊びやすいからだそうだ。春や初夏は？　と尋ねたら、長袖のほうが好きだし、重ね着も楽しいから、という答えが返ってきた。志藤は、そういう観点から季節の好き嫌いを考えたことはない。塩澤は自分とは感覚や視点が違い、そこがおもしろい。

フリーダンスの衣装デザインを彼に依頼したのは、気まぐれではなかった。前から考えていたことだ。塩澤は、間違っても志藤は着ないような服を着ていることがあるし、髪を奇抜な色や形にすることもある。正直に言ってそのセンスは自分には理解できないところもあるが、いつも、彼には似合っていた。だから、一度衣装制作を依頼したいとは、ずっと思っていた。

タイミングをはかっていたのだ。塩澤の引退直後は、新しい職場に慣れるのに大変そうだったので遠慮した。それに、彼は引退してからしばらくの間、フィギュアスケートから意図的に距離をとっているように感じていたから、様子を見ていた。こまめに近況を聞き取って、忙しそうな時期は避け、そろそろいいか、と思っていたところに自分の、あの衝突事故だ。

結局、シングルのときに衣装を作ってもらうことはかなわなかった。志藤は、やってみたいことがあるのなら、ぐずぐずしていてはいけない、と学んだ。

それで、アイスダンスに転向することになってすぐ、復帰後の勝負をかけるフリーダンス用の衣装デザインに、塩澤を起用することを決めた。塩澤は断らないと思っていた。

どんなものができあがるのかを見れば、彼が自分をどう見ているのかもわかる。彼の目から見た自分を知りたかったたし、自分でも知らない自分の魅力を引き出してくれるのではないかと期待した。

　結果的に、大正解だった。

　塩澤のデザインした衣装は、一見、彼らしくない――といえば語弊があるが――、シンプルで上品な色使いで、しかし、細部には彼らしいこだわりが見えた。現代的でスタイリッシュである一方で、気品と、風格のようなものすら感じさせるカッティングや、ビジューの配置、グラデーションの繊細さ。着てみると、いっそう、美しさが際立つ。そういう風にデザインされている。

　志藤らしくもあり、その一方で、新鮮さもあった。

　これも自分らしさなのだと、袖を通してみて初めてしっくりくるような――それでいて、挑戦的な気持ちになるような。

　背筋が伸びた。自信が満ち溢れてくる感覚があった。

「我ながらものすごくかっこいいな？」

　試着して、鏡の前に立ったとき、思わず口からそうこぼれていた。

　実に似合う。

　同じく衣装をつけて隣に立った姉が、「確かにね」と珍しく同意した。

「二割増し男前に見えるわ。塩澤くん、あんたのことすごくよくわかってるのね」

　志藤もそう思った。彼は志藤の、スケーターとしての魅力を理解している。もしかしたら、志藤以上に。

　鏡の中で自分の横に並んだ清華も、対をなすデザインの衣装がよく似合っていた。

「姉さんも美しいな」

「でしょ？　うっとりしちゃうわ。私のことも考えて作ってくれたのがわかる。塩澤くんのこと、好きになっちゃいそう」

　姉弟で顔立ちが似ていることもあって、合わせた衣装で並ぶと、一人でいるときよりさらに華やかな印象になる。試しにその場でフリーダンスの振りを確認し、ラストのポーズをとると、二人の衣装の模様がつながって、まるで、闇の中に氷の花が浮かんでいるように見えた。

　すごいすごいと、コーチたちも感動している。

　素晴らしいことに、氷の上に立つと、そして滑ると、衣装はさらに美しく映えた。

　無敵の気分だった。

「塩澤くんのこと、好きになっちゃいそう」

　滑り終え、スタッフが撮影した確認用の映像をチェックして、清華が改めて、今度は割と真剣なトーンで呟く。

　志藤は「俺もだ」と笑った。

　仕事ぶりから、自分たちへの愛情と敬意を感じた。彼の仕事に報いる、この衣装に恥じない演技をしたい。

　塩澤のところへ飛んでいってキスをしたいほど感謝し、感動していたが、彼はまだ職場にいる時間帯だったから、素晴らしい衣装をありがとうと、練習の後、メールを送った。

　塩澤はその後、一度衣装をつけての通しの練習を見にきて、肩口のビーズとビジューの量や角度などの微調整をした。直すところなど何もないように思えたのに、調整後の衣装をつけてもう一度滑ると、見ていたスタッフたちは、口々に、「さっきまでよりいい」と言った。

　志藤も映像を見た。どこがどう変わったのかわからないのに、確かに、調整前より美しく見えている気がする。

リンクサイドで二度目の演技を確認した塩澤は「よし」というように頷き、別の仕事があるからとさっさと帰っていった。自分がコーチたちと話している間に塩澤がいなくなっていることに気づき、志藤は愕然としたものだ。塩澤は、ビジューがとれたとか体形が変わって動きにくくなったとか、何かあったらすぐに連絡してくれ、とスタッフの一人に言付けして去ったという。いくらなんでもドライすぎないか。忙しいにしても、もうちょっとくらい、感動を分かち合ってもいいではないか。チームの一員として。もしや照れ隠しなのか？

清華が、感謝のハグとキスをし忘れた、と言っていたので電話で伝えたら、「惜しいことをした」とまあまあ本気の調子で言われた。

「じゃあ、それは東日本が終わってからだな」

志藤が言うと、塩澤は、楽しみにしてる、と返した。

そのときは、自分からもハグとキスを贈ろう、と思った。

実際には、東日本選手権での演技後は志藤が先にキスをしてしまったせいで、清華はタイミングを逸した形になり、塩澤は彼女からのキスをもらえていない。ちょっと悪いことをしたと思っている。

それにしてもあれはなんだかすごく、歓喜を分かち合う感じで、親友っぽくてよかったな、と、キスアンドクライでのハグとキスを思い返して志藤は悦に入る。

最高の演技を終えてこの上なく高揚した状態で塩澤を見たら、彼も珍しく感極まった表情をしていたから、ますます気分が盛り上がってしまった。

それについては、清華にキスされるチャンスを奪ったことも含めて、塩澤から恨み言は言われていない。「おまえさあ……」と深く息を吐かれたくらいだ。スタッフは手を叩いて笑っていた。

コーチには、同性でも友人でもたとえ家族でも、同意なしにするのはよくない、と苦言を呈された。確かにそうだ、と反省し、塩澤に謝罪したところ、俺はいいけど、スキンシップは嫌がる人もいるからな、と言われた。塩澤は海外暮らしが長いせいか、ハグやキスで親愛の情を示したり示されたりすることには慣れているようだ。

自分から輪の中に入っていくタイプではないし、一人でいることも平気で、しかし、特別人見知りというわけではなく、人の中に入ったときは、そつなくやる。志藤と塩澤は、スケートのスタイルから性格まで、正反対のタイプだと言われてきたし、志藤も最初はそこに興味をもったが、彼の人との距離感は、自分と少し似ている。

自分とはタイプの違う相手の中に、似ているところを見つけると、なんだか嬉しかった。すべてにおいて自分は正統派であると、志藤は自覚している。

塩澤には、志藤のスケートには不純物がない、と評されたこともある。おもしろいことを言うなと思ったから覚えている。

一方で塩澤はアンバランスに見え、しかし、決して脆《もろ》いわけではなく、絶妙にバランスがとれていた。独特の、不思議な空気をまとっていて、それが選手時代から、彼を特別な存在にしていた。

自分との小さな共通点を見つけるとことさらに嬉しかったのは、志藤が塩澤を、誰にも似ていない、唯一無二のものとして見ていたからかもしれない。

シニア三年目のフリーで、塩澤はチャイコフスキーのバレエ音楽を使って、『眠れる森の美女』でオーロラ姫に呪いをかける妖精、カラボスをテーマに滑ったことがあった。塩澤はそれまでも、独特の衣装や振付もあいまって、個性的なスケーターだと言われていたが、このプログラムが彼の評価を決定づけたと、志藤は思っている。

自分ならば絶対に選ばないような曲、考えつかないようなプログラムだった。ところどころに赤や紫などの色の混じった、黒とグレーを基調とした衣装で、黒い口紅とアイシャドウで化粧をして、彼は妖精カラボスをときに恐ろしく、ときにユーモラスに演じてみせた。傾いた姿勢のままでのスピンや、ポーズの一つ一つが独特で、色気があって、引きつけられる。目を逸らせない。

彼以外のスケーターがやれば成立しないような演技で、そこには彼だけの世界観があった。振付の中に、長い腕をゆっくりと広げ、持ち上げる動きがあり、蜘蛛《くも》の脚の動きを意識したと塩澤は言っていたが、志藤はそれを、大きな鳥が羽ばたいているようだと思った。本人に伝えたら、彼は驚いた表情をして、それから笑って、いいな、それ、と言った。

塩澤が嬉しそうにしているのが、志藤も嬉しかった。

志藤が塩澤のスケートを愛しているのと同じように、塩澤も、志藤のスケートを愛している。口に出さなくてもそれがわかっていた。

自分の認めた相手に認められることの喜びは、かけがえのないものだった。

見ていろ、次はもっと美しく滑る。高く跳ぶ。おまえよりもだ。そう思って、毎日楽しくて仕方がなくて、お互いに並んだり抜いたり抜かれたりしながら、どんどん高みへ行けると思った。けがをして休養したときも、またあの場所へ戻る、という目的のために進み続けることができた。誰に何を言われようと関係なく、前だけを向いていられたのは、道標があったからだ。

塩澤の背中が見えているときは、追いつき、追い越そうと。横に並んでいるときは、彼より一歩でも前へ出ようと。自分が前にいるときは、彼から見える背中が堂々としているようにと、胸を張って進んだ。

そうやってどこまでも行けるつもりでいた。終わりがくるとしても、ずっと先のことだと思っていたから、考えもしなかったのだ。

塩澤から、現役引退を電話で伝えられたときのことは、よく覚えている。

銀杏の葉を避けて石畳を歩きながら、寒いころだったな、と思い出す。確か二月、世界選手権の前だった。

おそらく、誰かから耳に入る前にと思ったのだろう。志藤が動揺することを見越して、コンディションに影響が出ないように、なるべく早く伝えようとしてくれたのだ。

あのときお互い日本にいたら、塩澤は、直接伝えに来てくれたかもしれない。あるいは、直接は言いにくくて、お互いにどんな表情をしたらいいかわからないと考えて、やはり電話にしただろうか。

青天の霹靂《へきれき》、というわけではなかった。

塩澤が何か考えているらしいことには気づいていた。試合の後、浮かない表情でいるのを見て、調子が悪いわけではなさそうなのに、と不思議に思い、「自分の演技に納得していないのか」と声をかけたことを覚えている。

「納得はしてる。今は」

塩澤はそう答えた。

今は、の意味をそのときは理解できなかった。現状に満足せず、ストイックであることはいいことだくらいに思っていた。

電話があったとき、ああ、そうか、と唐突に理解した。

あれは、そういうことだったのか。

このまま続けても、これまでのようには競えないと、誰より先に彼自身が気づいてしまったのだ。

それは彼らしい選択で、その潔さを好ましく思い、納得する気持ちと、どうしようもない喪失感とが同時にあった。

引きとめる、という選択肢は最初からない。受け入れるべきだし、受け入れるしかないとわかっている。戦友であり親友である彼の、背中を押さなければならない。何より、これまでの感謝を伝えなければならない。

彼が氷上を去ることについて自分がどう思うかなど、そんなことはどうでもいいのだ。

わかっていても、こみあげてくるものはあって、必死に飲み込んだ。スマホを顔から外して、呼吸を整える。

電話なのに沈黙が続いてしまうのを、塩澤は咎《とが》めなかった。

さびしくなるな、と言いかけてやめた。それくらいは許されたかもしれないが、自分の反応が読めない中、勇気が要っただろうに、塩澤が電話をかけてきてくれたことを思うと、ほんの少しでも否定的なことを言いたくなかった。

あまり長く話していたら泣いてしまうかもしれないと自分でわかっていたから、簡潔に感謝を伝えて、電話を切った。

そのときは恰好をつけることに成功してほっとしたが、引退発表後、二人で飲んだときには、もう彼はフィギュアスケーターではないのだと思って、少し泣けた。塩澤は気づいていたと思う。彼のほうは、一度も泣かなかった。少なくとも、志藤の前では。

今でも、歴代男子フィギュアシングルの選手で一人選べとか、意識している選手はいるか、と訊かれると、塩澤の名前を挙げてしまう。

選手として全盛のときに引退したせいで、美化されているのだ、とからかわれたこともある。そうかもしれない。そうだとしてもかまわない。

道が分かれ、ライバルとは言えなくなった今も、スケーターとしての塩澤は志藤の中の一番高いところにいる。スケーターとして尊敬しあい、つながった関係だったが、スケーターでなくなったからといって、自分の中での彼の価値が失われるわけではなかった。

彼が最高のスケーターで、最高のライバルだった事実は変わらない。

スケートを通して彼という人間を知っただけで、スケートが関係のすべてだったわけではない。

志藤は塩澤を、親友だと思っている。

しかし、塩澤は自分にまだ遠慮がある気がする。以前はそれが不満だった。今は、人との関係の築き方にも個人差があるものだと理解している。

待ち合わせ場所のカフェに到着する。店員に断ってテラス席へ行くと、奥の丸テーブルに絵梨世がいた。黒いニットにキャメルのコートが似合っている。こちらに気づいて手を挙げたが、周囲を気にしてか、名前を呼びはしなかった。

「待たせたか」

「時間ぴったりよ」

彼女の向かいの席に座り、水とお手拭きを持って近づいてきた店員に、ブレンドを注文する。

絵梨世はカプチーノを選んだ。白いシャツと黒いパンツにギャルソンエプロンをした店員が、メニューを持って離れていく。

寒すぎず、温かい飲み物がおいしい、テラス席にはちょうどいい季節だ。

ウッドデッキの上には、何枚か、通りから飛んできたらしい銀杏の葉が落ちている。絵梨世の焦げ茶色のショートブーツのつま先が、茎の部分を踏んでいた。

「わざわざ来てもらって悪かったわね」

「いや、ちょうど近くに用があった」

頼みがある、と志藤を呼び出したのは絵梨世のほうだが、絵梨世は、口で言うほどすまなそうにはしていない。それどころか、どこか挑戦的な目つきだ。いつものことだった。もう慣れた。彼女は初めて会ったときからそうだった。

志藤は、彼女の父親、アレックス・ミラーとは折り合いがよくなかった。

個人として認識したのは、絵梨世よりミラーのほうが先だ。彼に娘がいるのは知っていたが、それが、昔同じホームリンクで滑っていたことのある女の子だとはわかっていなかった。そのころにちゃんと言葉を交わす機会があれば、変わっていたこともあるだろう。しかし、当時の志藤は、正直に言って、ミラーの娘だというだけで、彼女にはいい印象を持っていなかった。

ミラーは、志藤がスケートを始めたころにはすでに、名前の知られたスケーターだった。世界選手権の常連で、オリンピックにも三度の出場経験があり、日本人のファンも少なくない。いわゆる正統派と呼ばれる、志藤と似たタイプのスケーターだった。キレのあるジャンプとスピードが武器で、迫力のある演技をする。彼が得意としていたのは四回転ルッツで、それも志藤と同じだった。

志藤が十五歳でシニアデビューし、次第に頭角を現してくると、自然な流れで、二人はよく比較されるようになった。

ベテランと新星。比べられるのは、志藤にとってもいい気はしなかったが、それ以上に、一回り以上年の離れた志藤と並べて取り上げられることは、ミラーにとって屈辱だったに違いない。彼は志藤を、デビュー直後から、あからさまに冷たくあしらった。チビだの若造だのと、聞こえよがしに言われたこともある。

今ならその気持ちも理解できなくはないが、だからといって共感はできない。まして、当時まだ十代だった志藤は、はっきりと反感を持った。

ミラーがスタッフに横柄な態度をとっているのを見たことがあり、もともといい印象は抱いていなかったところにこれだったから、だめ押しをされた形になったというのもある。

とはいえ、好んで波風を立てたいとは思わない。好きになれそうにないうえ、自分を嫌っている相手に、わざわざ近づいていっていいことは何もないので、自然と距離をとるようになった。

アスリートには、メンタルのコントロールも重要だ。

自分は自分のスケートをするだけだ。

実力があり、自信があれば、外野は気にならなくなる。

比べられるのが嫌ならば、比べようもないほど上へ行くまでだ。

幸い、志藤には塩澤というライバルがいた。彼との勝負、自分の演技を磨《みが》くことに集中していれば、不愉快なノイズに乱されないで済んだ。

やがて、志藤と塩澤は表彰台の上に並んで立つことが増えた。ミラーと三人で並んだこともある。台の上では互いを讃えあうものだが、彼とは形だけの浅く短いハグを交わして済ませた。極力関わり合いにならないことが、互いのためだ。

それでも、日本人のファンに手を出したとか、別の選手の妹と二股をかけたとか、果ては、暴力沙汰を起こしたとか、ミラーの悪い噂は時々聞こえてきた。特に気にして情報を集めていたわけではない志藤の耳にも入ったという時点で、彼がトラブルメーカーだったことは間違いない。

選手としての実力はさておき、品のない男だ、と思っていた。

軽蔑を表に出した覚えはないが、そういう思いは伝わるものだ。ミラーのほうからも、近づいてくることはなかった。同じ男子シングルの選手なので顔を合わせることはたびたびあったが、お互いに大人で、プロフェッショナルだ。嫌いあっていることに気づいていても、表立ってぶつかるようなことはない。うっかり一緒になったら、後輩である志藤が挨拶をし、ミラーがそれに頷く。もしくは、気づかなかったふりをする。一瞬不愉快な気持ちになって、相手の存在ごと、すぐに忘れる。それだけのことだった。

そうして、二十一歳になったばかりのころ、塩澤がミラーと交際しているという噂を耳にした。

志藤は、塩澤の恋愛対象が異性なのか同性なのかすら知らなかった。どっちもいけるらしいよ、と噂を伝えてきた相手――同じ大会に出場していた、日本のペアの片割れだった――は、悪気のない様子で言った。

「ミカエラが、塩澤のこと、結構好みらしくって。誘ってみようかしらーみたいな話しててさ。そのとき聞いた。まあそんな珍しい話でもないよな」

ミカエラは、フランス人の女子シングルの選手だ。志藤も声をかけられたことがある。彼女は恋多き女性として知られていて、恋人は男性のことも女性のこともあった。それこそ、ミラーとも、一度噂になっていたはずだ。

彼女とミラーについてはともかく、塩澤の性的指向については、軽々しく話題にしてはいけない気がして、志藤は眉根を寄せた。噂が嘘ならば、真に受けてどうこう言うのは塩澤に失礼だし、本当だとしても、本人以外がそれを自分に伝えることはマナー違反だ。

本当でも嘘でも、礼を失する行為だと思うと、噂を伝えてきた相手にも言ったが、相手は大して気に留める風もなかった。

「仲いいんだろ？　確かめてみろよ」

「その必要はない」

興味がないという態度をとって、話はそこで終わらせた。しかし、内心は動揺していた。

友人が誰とつきあおうと、それで何が変わるわけではない。塩澤の恋人が男でも女でも年上でも年下でもかまわない。しかし、それがアレックス・ミラーとなると話は別だ。

趣味が悪い。塩澤らしくない。

志藤と塩澤は当時、友人というよりはライバルだった。今なら口を出すかもしれないが、そのころはまだ、塩澤と話すのはほとんどスケートのことばかりで、ようやく少しずつ、プライベートに踏み込んだ話もし始めたくらいの関係だった。デリケートな話題に触れるのはためらわれた。それ以上、誰かとその話題について話すことはないだろうと思っていた。話したいとも思わなかった。しかし、予想に反して、その日はすぐに訪れた。

大会のアフターパーティーの後、志藤が手洗いを済ませてバーを横切ったとき、選手を含む関係者数人がソファ席で話をしているのが聞こえた。パーティーの参加者たちのうち、一部は帰り、一部は二次会へ移動しかけていて、あたりに人は少ない。

塩澤の名前が漏れ聞こえて、志藤はそちらへ目を向けた。

「……じゃないですか」

「まあな、それは認めるけどな。なんか暗いっていうか、うじうじしたとこがあるんだよな、あいつ」

　思ったとおり、中心にいるのはミラーで、取り巻きの選手やスタッフと談笑している。

「スマホ見たら、いちいちメールを保護してんだよ。別に愛の告白メールとかじゃねえよ？　待ち合わせはいつどこにするとか、どうってことない内容のをさあ。乙女かよ。キモ」

　嘲《あざけ》る口調に、腹の奥がかっと熱くなった。

　恋人が自分からのメールを、消えないように保護していたら、いじらしく思うものではないのか。少なくとも、うじうじしているとか暗いとか、相手のことを好きだったら、そんな風には思わないはずだ。

　自分の知人ではなくても、恋人を酒の席で笑いものにする人間のことは好きになれない。まして、笑われているのはあの塩澤詩生だ。

　スケート業界にいる人間たちが、最高のスケーターの一人である彼に対して最低限の敬意を払えないなら、嘆かわしい事態だ。

　取り巻きたちのほとんどが困った表情で、一緒になって笑っているのは一人だけなのが、せめてもの救いだった。その一人の顔は覚えた。

「は？　つきあってねえよ、遊び遊び」

　誰かのフォロー——志藤の位置からはよく聞こえなかった——を一蹴して、ミラーはテーブルの上のロックグラスに手を伸ばす。

「どんなもんかなと思って寝てやっただけ。たまには男もいいかって。スケーターって関節が柔らかいだろ。だから——」

　そこまでが限界だった。

尊敬する選手であり、ライバルであり、友人でもある相手を下世話な冗談の種にされて、黙って立ち去れるほど冷めてはいない。

「耳障りだからやめてくれないか」

気がついたら、そう口に出していた。

日本語なら、もう少し穏便な言いようがあったかもしれない。

志藤は今ほど英語が堪能ではなく、そのぶん、必要以上に攻撃的な物言いになってしまったところもあるだろう。

ミラーは座ったまま志藤を見、なんだって？　と挑戦的に聞き返した。もう一度言ってみろよ、というニュアンスだ。

隣に座っていたスタッフが止めようとしたが、彼は意に介さない。志藤もここで引き下がるつもりはなかった。

「品のない会話はやめてくれと言った」

ミラーは笑顔を消して真顔になり、取り巻きたちはおろおろと二人を見比べている。

ミラーのほうが背が高いが、今は座っているから、必然的に志藤が見下ろす形になった。

「あんたからは、彼に対する敬意が感じられない。不愉快だ」

目を逸らさずに言う。

「俺がお前の娘に同じことをしたら、笑っていられるか？」

さっと、ミラーの顔色が変わった。

勢いよく立ち上がったのを、取り巻きが慌てた様子で止める。

目の高さが逆転したが、怯《ひる》まずに向かい合った。理はこちらにあり、遠慮する理由は何もない。

つかみかかられたとしても、それはそれでかまわないと思っていたが、ミラーは周囲になだめられ、志藤には聞き取れない早口で何か捨て台詞を吐くとバーを出ていった。

取り巻きたちが後を追い、そのうちの二人ほどが、振り向いて志藤に頭を下げた。

キャリアはミラーのほうがずっと長いとはいえ、この時点で、成績では志藤が上回ることが増えていて、直前の大会でも順位は志藤のほうが上だった。

決着は氷の上でつければいい。そう思っていたが、結局この後、志藤は交通事故で休養を余儀なくされ、ミラーの現役最後の大会には出場できなかった。

このバーでの邂逅が、まともに言葉を交わした最後だ。

娘の絵梨世と知り合ったのは、そのしばらく後、志藤が事故に遭うひと月ほど前のことだった。そのとき絵梨世は中学生だった。

ミラーとの最後の会話がそれだったから、その娘だというだけで、絵梨世に対しても警戒心があった。

母親の三池梨香子に用があってリンクを訪れていた彼女を、共通の知人であるスタッフに紹介された。志藤は彼らが話しているところに通りかかっただけだったが、スタッフは梨香子を探しにいってしまい、絵梨世と二人でその場に残された。

絵梨世はどこか不機嫌そうな表情で、勧められた椅子に座ろうともせずに立っている。もともとの勝気そうな顔立ちがよりきつく見え、まるで、「負けないぞ」と世界中を牽制《けんせい》しているかのような印象を受けた。三池絵梨世です、と母方の姓を名乗ったときも、彼女は挑むような目で志藤を見ていた。

警察に保護されてふてくされている家出娘みたいだな、と思ったのを覚えている。

ミラーの娘だからなと内心で納得しつつ、志藤は笑顔を浮かべて挨拶を返した。社会人として最低限の礼を尽くしてその場を去ろうとして、

「ねえ」

不機嫌そうな声に呼びとめられた。

その「ねえ」には、明らかに咎める響きがあった。

「作り笑い、感じ悪いわ。馬鹿にされてる気がする」

志藤が足を止め振り向くなり、絵梨世は畳みかける。

「父と私は別人格よ。父親が嫌いだからって、私に対するときにそのイメージを引きずらないで」

驚いた。中学生の少女に面と向かって態度をいさめられたことにも、彼女がまっすぐ自分を見たことにも。

何より、彼女の言うとおりだと思ったから、

「悪かった」

自然と、謝罪を口にしていた。

「その通りだ。失礼だった」

志藤の非礼を指摘した側であるのに、絵梨世は志藤の反応を見て、切れ長の目を瞬かせた。

やがて、ばつが悪そうに目を逸らす。

「……怒るかと思った。ごめんなさい、私も、イライラしてた」

わかればいいのよ、くらいのことは言われるだろうと思っていたから、意外な反応だった。

それだけで、急に心を許し合う仲になったわけではない。しかし、志藤は彼女を、ミラーの娘ではなく、個人として認識し、興味を持った。罪滅ぼしにと、彼女が母親と会えるまで一緒に待

つことにし、会話の中で彼女の推しスケーターが塩澤だとわかってからは、彼のかつての名プログラムについて熱く語り合うなどして盛り上がった。そのときに連絡先を交換して、たまに連絡をとりあう程度の友人になった。話題はたいてい、塩澤の新しいプログラムがよかったとか、ショーのチケットを融通してくれとか、そんなことだ。

絵梨世は最初から自分に対して遠慮がなく、志藤にはそれがおもしろかった。年下の彼女に「シドー」と呼ばれるのも、嫌ではなかった。

近すぎない距離がちょうどいいのだろう、彼氏と別れたとか、父親のスキャンダル記事が出たとか、そういう理由で絵梨世はたびたび志藤を呼び出し、愚痴をこぼした。彼女が成人してからは、自棄酒につきあわされたこともある。いつも近くにいる友人や家族の前では見せたくない姿、聞かせたくない話があるのだそうだ。

アドバイスやなぐさめはいらないと、あらかじめ言われていた。「親身になってほしいわけじゃないの」と言われ、そういうものか、と納得した。ただ隣で酒を飲み、たまに相槌を打ったりツッコミを入れたりして、話が終わったら、タクシーに彼女を乗せて見送った。たいてい翌日、「昨日はありがと」と短いメッセージが届いていた。

塩澤のファンである絵梨世を塩澤に紹介しなかったのは、本人に断られたからだ。そんなことをされたらもう志藤に頭が上がらなくなってしまうから嫌だ、と言う。なんだそれはと思いつつ、絵梨世が本当に嫌そうにしているので紹介するのはやめた。

そうこうしているうち、彼女はいつのまにか塩澤と同じ会社に入社して、彼のアシスタントにおさまっていた。

「シドー？」

「ああ、悪い。ぼうっとしていた」

声をかけられ、意識が過去に飛んでいたのを引き戻す。

知り合ったときのことを思い出していた、などと言ったら気味悪がられそうだし、「おじさんぽい」くらいのことは言われそうだ。

絵梨世は「今何かごまかされた気がする」と呟いたが、それ以上追及はしてこなかった。

「そういえば、東日本選手権、優勝おめでとう」

「その節はありがとう。すばらしい衣装だった」

「あれはほとんどシオ先輩一人の仕事よ。私は雑用を手伝っただけ」

絵梨世は謙虚に言い、

「でも、そうね。これまでのシドーの衣装の中でも一番よかったと思う。ファントムの衣装もよかったけど」

どこか誇らしげにそう評する。

「もちろん、演技もね。とてもじゃないけど、昨日今日ペアを組んだようには見えなかったわよ。あの長い高速ツイズル、あれ何？　どうやってるの？　距離近いし、シンクロ率高すぎでびびったんだけど」

「姉弟ペアならではの同調を期待されることはわかっていたからな、特訓した」

片足で回転しながら移動するツイズルのシークエンスは、アイスダンス競技では必須の要素だ。スピードを合わせて、まったく同じ回転数で平行に滑る練習を繰り返し行った。

姉弟だからといって、ほかのペアより同調しやすいということはなく、むしろ、何年もペアを組んでいるほかの選手たちと比べると呼吸が合わなくて当たり前だ。しかしそれを指摘されるのは我慢がならなかった。完成度の高い演技は、急ごしらえのペアとしてはこんなものか、と言われたくなくて、二人して練習に励んだ結果だ。

　姉弟そろって負けず嫌いだったのが幸いした。

「クワドジャンパーが跳ばないで戦う競技に転向なんて、思い切ったことすると思ったけど、それで勝っちゃうんだから……しかも、転向初戦で。ペア結成一年目で」

「ノービスのころ、アイスダンスはちょっとやったことがあったんだ。姉につきあわされて」

　ジュニアになってしばらくしてシングルのみにしぼった。それでもたまに練習につきあわされることはあり、リフトの感覚もなんとなく覚えていた。でなければ、すでにアイスダンスで名の知られた姉がペアの相手とはいえ、経験豊富なほかの組と対等には戦えなかっただろう。

「それに、ちょっと興味を持って、故障の前から調べていたのも、結果的には幸いした。ジャンプを跳べないだけじゃなく、アイスダンスはいろいろと勝手が違うからな。戸惑うこともあるが、まだまだ伸びるから期待していてくれ」

「あの演技を見た後だと、そうでしょうねとしか言えないわね」

　志藤の、自信に溢れた前向きな発言に、絵梨世は眉をあげてみせる。

「シドーはアイスダンス向きの選手だと思ってなかったから、意外だったわ。失礼を承知で言うけど」

「ジャンパーのイメージが強かっただろうからな」

　ペアとの同調と確かな技術に加え、ともすればシングル以上に、芸術性と表現力を求められる競技だ。シングルでは、それらが未熟でも、速さや高さ、ジャンプの種類の豊富さで補って戦うことができた。そして、ジャンプとスピードは志藤聖の一番の強みだったのだ。それらが使えない新たな戦場で戦うことは、刺激的だが不安もある挑戦だった。

「表現力は、選手としての自分に足りなかった部分だ。磨く機会を与えられた、と思うことにしているよ」

珍しく謙虚ね、と絵梨世は失礼な感想を述べた。

「足りてなかったってことはないけど」

「他の選手に劣ると思ったことはないが、塩澤の演技を見るとどうしてもな」

「シオ先輩は……」

「まああいつは特別……アーティストタイプとしても特殊なほうだが」

自分と塩澤では、スケーターとしての方向性が違う。表現力を高めるにしても、同じことをやっても意味がないことは、お互いにシングルで滑っていたときからわかっていた。それでも、心のどこかに憧れる気持ちはあったのだ。

「アイスダンスは、表現力、美しさ、世界観がものをいう……となると、それこそあいつの得意分野だろう」

プログラムに物語性を持たせ、音楽を表現できているかがより評価されるという意味では、競技としては、むしろ、シングルよりも向いているかもしれない。

「シングルじゃなくてもいいから、復帰してくれないかなと思っていたんだが……」

「いや、無理でしょ。プロから競技に復帰する人はいるけど、シオ先輩、今デザイナーだもん」

「そうなんだが」

もちろんわかっている。本人の口から、おそらく身内のほかには誰より早く引退を告げられ、その後も会って話したのだ。塩澤の決意が固いことも、本人が望むならとっくにその選択をしているだろうこともわかっていた。引退から時間が経つにつれ、どんどんその可能性が薄くなり、今では消えかかっていることも。

　納得して送り出したつもりだったのに、ふとした瞬間に、ジャンプを跳ばないアイスダンスなら、競技ではなくアイスショーなら、と、本人を置き去りに考え始めてしまう時期があった。

「けがする前からアイスダンスについて調べてたって、シオ先輩が復帰してくれないかなって思って？」

　絵梨世にあっさり指摘されてしまった。

「え、もしかして、二人ともアイスダンスに転向すれば、また競えるとか思ってた？」

「そこまで考えていたわけじゃないが」

　膝の故障がなければ、自分はシングルの競技をやめなかっただろう。だから、すぐに一緒に転向して、などと計画を立てていたわけではない。

　しかし、頭をかすめたこともなかった、とは言えない。

　こうして他人に改めて言われると、自分の未練がましさに苦笑するしかない。

　結局、塩澤本人には一度もそんな話はできなかった。当たり前だ。

「あきらめるまで時間がかかったんだ」

　絵梨世は何か言いたげだったが、何も言わなかった。

　ブレンドとカプチーノが運ばれてくる。店員がカップと伝票を置いて去るまでの間、会話は中断した。

　テラスは通りに面しているが、屋根があって影ができているのと、テーブルの後ろが壁になっている奥の席なので、それほど目立たない。離れたところに一組だけいた客もいつのまにか席を立ち、テラスには志藤と絵梨世だけになっている。

さっと周囲を見回して、声の届く位置に誰もいないのを確認してから、絵梨世が口を開いた。

「東日本選手権、演技はもちろんすごかったけど……その後のあれ。同じくらい話題になってた」

「ああ。あれ」

ほぼすべてのネットニュースでトップラインに載った。

愉快な話題に移って、志藤は笑って肩をすくめる。絵梨世は笑わなかった。どちらかというと、咎める目つきだ。

「角度的に映らなかったけど、あれ、口にしたんでしょ」

「口の横……のつもりだったんだが口になってしまった。ジョーもいつもきわどいところにキスしてくるから、それがうつったのかな。つい感情が高まって」

ジョーはカリフォルニア出身の、フレンドリーなスポーツトレーナーだ。十歳の息子がいて、職場に遊びに来た彼にキスの雨を降らせては迷惑がられている。

「あのね、彼はママの友達だから知ってるけど、いまどき、カリフォルニアっ子が全員キス魔ってわけじゃないからね。彼とその家族がそうなだけよ」

絵梨世は呆れた表情で言った。

あんな大勢の前で、しかも撮られちゃって、と言うので、

「人目のないところでしたらむしろそのほうが問題だろう。しかも撮られたら」

志藤がブレンドのカップを手にとってそう返したら、絵梨世は一瞬の間の後、それはそうね、と頷く。

「まあ、コーチたちにもしてたし、ていうかされてたし、思ったほどは騒がれなかったからよか

ったけど」

　そうこぼして、彼女もカプチーノに口をつける。

「要するに、あれは愛情表現なのね？」

「無論だ。確かに高揚はしていたが、誰でも構わず目についた相手にそれをぶつけたわけじゃない」

　インタビューでも訊かれたので、彼の衣装のおかげでとても気持ちよく滑れた、感謝している、それを伝えたかった、感動を分かち合いたかった、と答えた。堂々と笑顔で言ったのがよかったのか、ニュースではおおむね好意的な取りあげ方をされたようだ。

　どこかの番組の取材で、塩澤さんは何て？　と質問され、「怒られました」と答えたら、インタビュアーは笑っていた。

「何にせよ、スキャンダルみたいな扱いにならなかったのはラッキーだったと思うわよ」

「事実、やましいことはないからな」

　親愛と感謝のキスとハグだ。そういうつもりで、何気なく言った言葉だった。しかし、絵梨世は複雑な表情で口をつぐむ。

　その反応で、彼女は、塩澤に同性の恋人がいたことを知っているのだと気がついた。

　ミラーが、まさか娘に話すことはないだろうが、絵梨世はスケート業界の近くにいて、今は塩澤と同じ職場で親しくしているのだから、知っていてもおかしくはない。

　塩澤の性的指向は、志藤の行為の意味に、何か影響するのだろうか。

　あのときは全く気にしていなかった。

　彼が異性愛者でも同性愛者でも関係なく、友人としてのキスをした。

こちらはそうでも、相手の受けとめ方は違う、ということもあるかもしれない。相手の性的指向によって、そこが変わるということも。もしや、自分は異性の友人に同意なくキスをしたようなものなのか？

初めてそこに思い至り、志藤は愕然としてカップを置く。

「もしかして……塩澤は嫌だっただろうか」

「え、今？　そこ気にし出すのが今なの？」

「考えもしなかった」

正直に言った。

すごい自信ね、と絵梨世は息を吐く。

男性からも女性からも、顔はよく誉められる。清潔感もあると思う。ファンはもちろん、多くのスケーターたちから尊敬を集めていて、ハグも――ファン相手にすることは滅多にないが――、ファンサービスとしては大歓迎される。

恋愛の対象でなくとも、好意を持った相手からのキスは嬉しいだろうという認識だった。

特に、塩澤には好かれているという自信があった。しかし、それとこれとは別、なのか。

「そういえば、俺とはしないと言っていた……」

「何を」

「キスだ」

「してたじゃない」

「あれは俺からしたんだ。不意打ちみたいなものだ。するか、と冗談で訊いたら、断られた」

「ああ」

その話ね、というように絵梨世が頷く。この反応を見る限り、クラブ「ＤＩＣＥ」での一件については知っているようだ。

仲がいいな、と思い、一瞬湧いた嫉妬のような感情に、自分で驚いた。いくらなんでも子どもじみている。

自分が一番の親友でいたいなんて、小学生じゃあるまいし。

「そういえば、ちょっと意外だったんだけど」

絵梨世がカップをソーサーに戻して言った。

「できるんだ、キス」

一瞬言われたことの意味がわからず、志藤は彼女を見つめ返す。

塩澤に？

志藤にとっては、絵梨世がそんなことに驚いていることのほうが意外だ。

「できるだろう？」

「……そうね。私は。でも、人によると思うわ。するのも、されるのも」

彼女が言葉を選んでいるのがわかる。

されるのも、とわざわざ付け足したということは、やはり、志藤のほうは平気でも、塩澤は志藤にキスされるのが嫌だったということだろうか。

自信家の代名詞のように言われている志藤も、さすがに不安になってくる。

「確かにパーソナルスペースの範囲は人それぞれだろう……が」

どんなに親しい相手でも、家族とでも、したくないという人もいる。それはわかる。

志藤も相手の見極めくらいする。そもそも、誰にでもキスやハグをするわけでもないし、本来志藤は、そういう距離感をはかるのは、不得意ではなかったはずなのだ。

「塩澤は、親しい相手とのキスには抵抗はなさそうだった。コーチとかともそうだし、ちょっと前に、海外のデザイナーとも」

「ああ、そういえば、そうね。するわね。頬にだけど」

自分とはしないくせに、と思い、なんとなくおもしろくなかった。親友なのに。塩澤がキスをしていたコーチもデザイナーも外国人で、日本人同士ではそういうスキンシップは一般的ではないのはわかっているが、塩澤は帰国子女だ。

「だから、親しい相手となら、抵抗はないのだろうと思っていたんだが……勝手な思い込みだったかもしれない」

もしや、親友だと思っているのは自分だけなのか。いやまさかそんなはずはない。

しかし、親友であっても、嫌なことはある。志藤だって、親しい友人なら誰とでもキスできるかと言われると、そうではない気がする。

「だとしたら、俺のしたことは……ハラスメントだな」

猛烈に自己嫌悪が襲ってきた。

志藤は基本的には、自己嫌悪という感情とは無縁の人生を送っている。しかしこれは明らかに、反省すべきことだった。

肩を落としてうつむいた志藤を気の毒そうに見やり、絵梨世は少し迷う素振りを見せた後、

「……嫌だったとは言っていなかったわ」

珍しくフォローするようなことを言う。

「でも、恥ずかしいとか、照れくさいとか、いろいろあるでしょ。複雑なのよ」

「それなら多少救われるというか、ほっとするが」

「シオ先輩、あれからも、態度が変わったとかはないんでしょ。ならもう蒸し返さないほうがいいんじゃない？　もしかして嫌だったか、なんて訊かないほうがいいわよ」

　そうだな、と頷いたところで、「DICE」でのやりとりを思い出す。

「しかし、俺とはしないと、はっきり言われていたわけだからな……やはり反省は必要な気がする」

　お互いに酔った状態での軽口だったから、そのときはさほど気にしなかった――言われた瞬間はショックを受けたふりをしたが、一晩経てば忘れてしまった――が、あのとき塩澤ははっきり、志藤とはキスはしない、と言ったのだ。考えてみれば、自分は、その意思を無視したことになる。

「クラブでのこと？」

　浮上しかけてまた沈み始めた志藤を観察していた絵梨世が、ぽろっと言った。その表情から、何か知っているようだと察して、志藤は顔をあげる。

「その話も聞いているんだな。塩澤は何か言っていたか？」

「まあね。主には、いきなり六本木のクラブまで来て、アイスダンス転向を告げられたことに対するあれこれだったけど。あと、衣装デザインの件と」

　志藤は、じっと絵梨世を見つめ先を促す。

　キスを拒絶されたことについては？　と口には出さなかったが、伝わったらしく、絵梨世は観念したように息を吐いた。

「冗談でも何でも、何飲まされたかわからない口でアスリートにキスなんかできるか、って言ってたわ」

そう言われてやっと、あのときの塩澤の態度の意味に思い至る。

「……ドーピング基準か」

情けないことに、今の今まで、その発想は頭から抜けていた。

ドーピング検査は、大会外に、抜き打ちで行われることもある。あのとき志藤は休養中だったが、いつ復帰する予定なのか、塩澤は知らなかった。妙な混ぜ物入りの酒を飲んだ後で、細かいことをきちんと考えられる状態ではなかったというのもあるだろう。志藤だって酔っていた。だからこそ多少浮かれたことも言ったし、したし、ドーピング基準のことにまで頭は回らなかった。

塩澤は、そんな状態でも、とっさに選手としての志藤を慮《おもんぱか》ったということだ。

休養中で、復帰の有無もわからないままの状態の志藤を、アスリートとして見ていた。

「そうだったのか」

椅子の背もたれに背中をつけて呟く。

嫌がられていたのではなかったとわかって安心する気持ち以上に、感動があった。

友情が一方通行ではなかったどころか、塩澤があんな状態でもスケーターの自分を尊重してくれた、その事実に胸を打たれる。

改めて湧きあがった友愛の情をかみしめていると、

「感動してるとこ悪いけど、そろそろ本題に入っていい？」

絵梨世がカップをとって、冷めた口調で言った。

志藤は「そうだったな」と姿勢を正す。今日は、頼みごとがあると言われて彼女に呼び出されたのだった。

絵梨世のおかげで知見を得られたのだ、恩返しのためにも、できることは何でも言ってくれ、というような気持ちになっていた。

「お願いがあるの。二つ。一つはシオ先輩とシドーの二人に。もう一つは、シドーに個人的に」

「俺と、塩澤に？」

絵梨世と塩澤は同じ職場で働いているのだから、直接頼みごとをする機会はいくらでもあるはずだ。わざわざ自分を通すというのが不思議な気がして聞き返した。

順番に話すね、と言って絵梨世は、一口飲んだ後のカップをソーサーに戻す。

どこから話そうか、考えるようなそぶりを見せてから、口を開いた。

「私、結婚するの」

2

鏡張りのダンススタジオで、互いにトレーニングウェア姿で、志藤と塩澤は向かい合って立っている。

にらみ合っている、と言ってもいい。

「おまえの体格だと俺をリフトするのは厳しいだろう。俺がリーダー（男性パート）を踊るべきだ」

「は？　余裕だけど。おまえこそ、俺の腰の位置でホールドしたら腕疲れんだろ」

「それこそ余裕だが？　筋力には自信があるからな」

自分のほうが筋力がある、自分のほうが背が高い、とはっきり口には出さないものの、言外に含ませてねちねちと言い合った。

この場にいるのは二人きりで、仲裁役はいない。互いに譲らないため、スタジオには利用制限があるというのに、刻々と時間ばかりが過ぎていく。

絵梨世の頼みごとは、来年五月に予定している彼女の結婚披露パーティーの余興で、志藤と塩澤に踊ってほしいというものだった。それぞれにではなく、二人で、ペアダンスを披露してほしいという。

半年前に言ってくれるというあたりには配慮を感じなくもないが、同時に、時間をかけてしっかり作り込めよというプレッシャーも感じる。

花嫁に直接頼まれてしまっては断れない。そして、引き受けたからには、彼女の友人として、アイスダンス選手として、半端な仕上がりにするわけにはいかない。

志藤は塩澤を説得し、共に見世物になることに同意させた。最初は渋っていたものの、塩澤も、可愛い後輩にいいところを見せたいのだろう、今はやる気を見せている。

互いに振付の案を考えて、忙しい合間を縫ってこうして集まり、実際に踊ってみながら構成を考えよう、ということになったのだが――蓋を開けてみたら、お互いに、ペアダンスの男性パートは自分が踊るものと思っていたことが判明したというわけだ。

一週間ほど前、行きつけの料理屋に塩澤を呼び出し、絵梨世からの頼みごとについて伝えたときの彼の反応を思い出す。

「ダンス？　俺とおまえが？　披露宴で？」

塩澤は、何を言われたのかわからないという表情になり、努めて冷静であろうとしているかのように、平坦な声で何度も確認をした。

先付けの料理と日本酒が運ばれてきて、店員が退室したタイミングだった。志藤は根気強く、いちいち頷きを返す。やがて、聞き間違いでも冗談でもないのがわかると、塩澤ははっきりと言った。

「嫌だ」

「俺に言うな」

絵梨世に言え、という志藤のごく真っ当な返答に、塩澤は頭を抱える。

片手で冷酒グラスを握りしめ、ぐいと呷ると、テーブルに肘をついてうなだれた。

「確実にネタにされるだろ。なんで東日本でのアレがやっと忘れられたころにまた蒸し返すようなことを」

「完全に忘れ去られる前に擦《こす》っておこう、という考えなんだろうな」

他人事すぎる、と呟いてそのままテーブルに突っ伏す塩澤の髪が料理につかないように、志藤はそっと先付けの器を横へずらした。

塩澤はその気配に気づいたのか、テーブルにこめかみをつけたまま目をあげて、「悪い」と言った。

披露宴は料理がうまいと有名なガーデンレストランで行うらしい。ダンスの構成を考えるうえで必要だろうと、絵梨世からはフロアの見取り図を渡された。ご丁寧に縮尺つきだ。リハーサルの時間もとってもらえるそうだ、と志藤が説明をすると、何その本気、と塩澤は力なく笑って体を起こした。

「俺、ドレスのデザインもやるんだけど」

「そっちはもうほとんどできていると聞いたが」

「……まあ」

塩澤は、結婚するということについては絵梨世から報告を受けていた。ウェディングドレスのデザインについても正式に依頼されたが、余興の話は聞かされていなかったそうだ。

挙式は半年も先なのに、張り切りすぎて、二日でデザイン画をあげてしまったと聞いている。絵梨世本人が、嬉しそうに——自慢げに、とも言える——教えてくれた。俺だってフリーダンスの衣装をデザインしてもらったんだからな、と張り合うのはさすがに大人げないと思いとどまった。

「つうか、いまどき結婚披露宴で余興もねえだろ」

まあそう言うな、と志藤は冷酒を自分のグラスに注ぎ、続けて塩澤のグラスにも注いでやる。

「俺も不本意ではあるが、エリセのたっての希望だ」

塩澤は礼を言ってグラスを受け取り、

「まあ、花嫁の希望じゃなぁ」

しょうがないか、と息を吐いて口をつけた。

妹に甘い兄のようだ。

先付けの銀杏や炙《あぶ》りしめ鯖、きのこのマリネを肴に杯を重ね、次の料理が運ばれてきたころには、最初に注文した酒の徳利は空になっていた。塩澤はすぐさま別の酒を注文する。

塩澤は酒のつまみのようなものばかり好んで食べるので塩分過多が心配だ。

いやしかし彼はもうアスリートではないのだから、と思い、勝手にさびしくなった。

四種類目の酒が秋刀魚の共肝焼きとともに運ばれてきたあたりで、アスリートでなくとも健康維持のためには食事には気をつかうべきだ、と思い直し、結局「塩分を摂りすぎじゃないか」と指摘したら、案の定うるさそうにされる。

「この間からちょくちょく思っていたんだが」

塩澤の注文した酒を一口もらい、

「俺の扱いがぞんざいじゃないか？」

恨みがましい口調で言うと、塩澤は胡乱《うろん》な目をこちらへ向けた。

「何が」

「俺と踊るのは嫌だがエリセが言うなら仕方ない、というのはどうなんだ。俺と踊ってみたいとは思わないのか。正直に言って、俺はちょっと楽しそうだと思ったのに」

「いや、おまえも不本意だって言ってただろ」

「おまえが嫌そうにしていたからだ。俺だけ楽しみにしているとか言いにくいだろう」

お、おお、と塩澤は若干怯んだ様子で相槌を打った。

これだけつきあいが長くなればわかってくる。塩澤は、好意を正面に出されて押されると弱い。

愉快な気分になり、少し調子に乗った。

「俺よりエリセのほうが好きなのか？　一番の親友は俺じゃないのか」

「うざい。重い」

わざと芝居がかったセリフを選んで詰め寄ると、塩澤はけらけらと笑い出した。

一緒になって笑う。

塩澤に嫌われていないことなどわかっている。しょうもないやりとりが、馬鹿みたいに楽しかった。

ひとしきり笑った後で、志藤は二つのグラスに酒を注ぎ、一つを塩澤に手渡す。最後の一滴が二つ目のグラスを満たし、徳利は空になった。

「やるからには本気でやるぞ。客全員の度肝を抜くレベルに仕上げる。俺が練習用に借りているスタジオがあるから、予定を合わせて集まろう。いつがいい?」

塩澤はにやりとしてグラスを顔の前に掲げ、

「おまえのそういうところ嫌いじゃねえな」

ぐいっと一息に飲み干す。志藤もそれに倣い、グラスを空にした。

店員を呼び、早速次の酒を頼んでおいて、その場で衣装や振付について簡単な打ち合わせをする。

思った以上に盛り上がり、互いにアルコールが入った頭とは思えないほど、実のある話ができた。これはいいものになるのでは、という予感がする。アイディアを練って、一週間後にまた擦り合わせようということになり、酔ったノリで、その場でスタジオも予約した。

それが一週間前のことで、その、二度目の打ち合わせ兼初回の練習が今日である。

まさか、どちらがリーダー(男役)でどちらがフォロー(女役)かなどという振付以前の部分で揉めるとは思っていなかった。

最初の十数分を無駄にはしたものの、最終的に、曲の途中でスイッチするということで落ち着く。

そのアイディアを取り入れた影響でいい振付を思いつき、ダンスにオリジナリティが出たので、災い転じて福となしたといえる。途中でパートを交替して踊るというのも遊び心があり、余興らしくていい。

絵梨世の好みを訊いて選んだ曲に合わせ、二人で踊ってみながら振付を完成させていく。塩澤は、踊りながら、衣装のことも考えているようだった。

だいたいの流れが決まると、塩澤は壁際に置いてあった鞄の中から派手な巾着を取り出し、志藤に投げてよこした。

「こんくらいの高さで踊るのに慣れといて」

　志藤は巾着を開けて中身を見る。男物の革靴が入っていた。ご丁寧に、志藤の足のサイズのものだ。

「……かかと、何センチあるんだ、これ」

「七センチかな。太いヒールだから安定してるし、おまえの体幹なら大丈夫だって」

　そう言いながら、自分は自分で、同じ鞄から取り出した別の靴を履いている。そちらは志藤に渡したものよりヒールが細く、不安定に見えた。

「俺だけ履いたら身長差が出すぎて踊りにくいだろ。パートチェンジすんだから」

「履く必要があるか……？」

「そのほうが映える」

　デザイナーの塩澤にそう言われてしまえば言い返せない。志藤も言われるままに靴を履き替えた。

　いい靴なのだろう、足先が痛むということはなく、思っていたほどの踊り辛さもない。

　志藤の靴のかかとは、塩澤の靴よりほんのわずかに高かったらしく、身長差が縮まった。組んだとき、顔の距離が近くなってそれに気づいた。

　練習を再開して、改めて組み合って、思っていたよりもしっくりくることを意外に思う。

　姉の清華と組んでいるときとはもちろん、まったく違っている。女性の体のような柔らかさはなく、しっかりとした質量のある体だ。自分と同じくらい強い肩や腕や腰。どちらかが守ったり、受けとめたり、包み込んだりするのではなく、ただ、リードしたりされたりしながら、その体と一緒に踊っている。

不思議な感覚だった。

悪くない。

曲の半分ほどの振りを確認して、休憩をとる。

額の汗を拭う。前髪が頬に張りついて邪魔だ。ひとまとめにかきあげて後ろになでつける。整髪剤を持ってきていないので、すぐにばらけてしまった。自宅にいるときはバンドで留めてしまうのだが、今日は持ってきていない。

「髪、結ぶか？　ゴムあるけど」

「ああ、助かる。貸してくれ」

塩澤が靴の入っていた鞄から、髪ゴムを出して渡してくれる。彼の持ち物なら、ラメくらい入っていても驚かないと思っていたが、普通のシンプルな黒いゴムだった。

塩澤は最初から髪を後ろでまとめている。前髪はサイドの髪と一体化しているので、結ぶと額が出て涼しそうだった。

「おまえも髪が伸びたな」

「ああ、アイスダンスはシングル以上に衣装にも気をつかうからな。コンセプトや衣装に合わせてアレンジしやすい長さにしている。短くするぶんには切ればいいしな」

それにしても、少し伸ばしすぎたかもしれない。もうそろそろ、肩につきそうな長さになっている。前髪も一緒に伸びているから、それもうっとうしい。

そういえば、今の髪型は塩澤と少し似ている。塩澤はパーマをかけているからぱっと見の印象は違うが、長さはあまり変わらないくらいだ。

それを口に出したら、塩澤は嫌な顔をしそうだし、「そろそろ切ろうと思っていた」くらいのことは言いそうなので黙っておく。

塩澤は昔から髪型をころころ変える男だ。ここ数年は長く伸ばしていることが多く、今も、肩につくかつかないかくらいの長さだった。似合っている。なんとなく、長いほうが彼らしい気がする。

シニアにあがりたてのときに一度、真っ赤なベリーショートにしてきたことがあり、あのときは度肝を抜かれた。髪が短い間に、ピンクにしたり緑にしたり、衣装に合わせた紫にしたり、青いインナーカラーの入ったマッシュルームカットだったときもある。志藤はもう、塩澤がどんな髪型にしても驚かなくなった。

自由だな、と思いながら、いつも見ていた。

彼のように髪型で遊びたいと思ったことはない。似合わないだろうし、仮に似合ったとしても、自分が落ち着かない。スケートのスタイルにも合わない。

染めたり、パーマをかけたりしていないそのままの黒髪も、シンプルなファッションも、気に入っている。今の自分に大きな不満はない。しかし、塩澤を眩《まぶ》しく思う気持ちは、それとは別のところにあった。

自分は冒険というものをしてこなかったのかもしれないと、彼を見ると思うことがある。

塩澤の真似をするつもりはないし、そんなことに意味がないこともわかっていた。同じことをしても、冒険したことにはならない。髪を奇抜な色にすることは、志藤にとって、少し危険で、少し怖くて、けれど抗《あらが》いがたいほど魅力的で、わくわくすることではないのだ。

やむをえず、の部分があったことを考えれば、完全に自分の意思で選んだとは言い難いが、アイスダンスへの転向や、塩澤とのダンスは、ある種、冒険といえるだろうか。

だからこんなに楽しいのだろうか。

「さすがにリフトは無謀か？」

「一瞬ならいけるんじゃねえか？」

両足が床から離れるリフトは、アイスダンスでは定番の技だが、ボールルームダンスの競技ではあまり取り入れられていない。

しかし、リフトが入ると、ダンスが華やかになる。

何種類か試してみたところ、高く持ち上げるのは無理があるが、両足を上げた状態で腰を支えて回転したりポーズをとったりするくらいはできる、ということがわかった。

「意外といけるな？」

「いける」

リフトは力よりテクニックとタイミングだと、アイスダンスに転向したときにコーチに言われていた。こうして体格に差のない相手と踊ってみると、それがよくわかる。タイミングを合わせ、自分の腕の位置、重心をかける場所を間違えなければ、男の体でも持ち上がる。

持ち上げられる側が片足を床につけた状態での動きは、リフトとは呼ばないが、片足が上がっているだけでもそれらしく見えるので、その動きは積極的に取り入れることにした。

その後も何度か、本業の合間を縫ってスタジオに集まり、一か月後には振付はほぼできあがった。あとは微調整と、ひたすら練習だ。

ターン、ステップ、スピン。微調整だったはずが、せっかくだからフィギュアの技に似た動きを入れよう、どうせなら男女ペアでは見ないような振りを入れよう、と回を重ねるごとに振りの難易度があがり、どんどんエスカレートする。競技のようにコンポーネンツが決まっていないので、自由度が高いぶん際限がなかった。

練習を重ねるたび、技の一つ一つがブラッシュアップされていくのがわかり、純粋に楽しい。

こうして、塩澤と踊る日が来るとは思っていなかった。協力して一つのものを作り上げていくのは、競い合っていたときとはまた違う高揚感がある。

機会をくれた絵梨世に感謝しなければならない。

氷の上でやりたかったな、と思わないこともなかったが、贅沢は言っていられない。

リフトを含む様々な技を取り入れ、結婚披露宴の余興とは思えないレベルの振付になった。

スマホで録画しながら動きを確認していた塩澤が、すげえ、と呟く。

「かっこよくねえ?」

「かっこいいな。これはかっこいい」

二人して、しばし自画自賛する。

完璧には程遠い。まだまだ磨かなければならない。しかし、基本の形はできていて、身長一七〇センチオーバーの二人で踊ると、思っていた以上に見栄えがよかった。こうなると、より完成度を高めるためにどうするか、と考えるのも楽しい。

「よし、衣装に装飾布をつける。試しに布巻いてやってみるぞ」

もともとそんな予定はなかったのに、塩澤は自分たちの衣装も作ると言い出した。余興に力を入れすぎではないのかと言ったら、ダンス用の衣装の仕事が来るかもしれないから営業のようなものだと言う。新作として発表するつもりらしい。

おまえには広告塔になってもらう、と悪人顔で言われたが、お安い御用だ。彼のデザインする衣装で踊れるなら、むしろラッキーだった。楽しみが増える。

「振りも決まったたし、本格的な練習は全日本……世界フィギュアが終わってからだな」

「呼吸を忘れないように、月二回か、最低でも月一くらいでは合わせておきたいところだが……」

「このためだけに時間とれねえだろ。それに、こっちの練習でけがでもしたらどうすんだ」

真剣にたしなめられてしまった。

もちろん、志藤もわかっている。大会前はさすがに時間をとれないし、志藤は日本にいない時期もあり、月一で練習をするのは無理だ。

本業をおろそかにするつもりは毛頭ない。ただ、この練習が中断してしまうのを残念に思っているのも本当だった。

「練習再開を楽しみに、大会も頑張ってくる」

そう言うと、こっちがメインみたいな言い方すんな、と塩澤に小突かれた。

二人とも笑っている。

「そんな楽しいのかよ」

「ああ、楽しい。実はかなり」

素直に答えたら、やはりストレートな好意を向けられるのに弱い塩澤は居心地悪そうに視線を泳がせた。

「あー、俺も、楽しい……けど。まあ、おまえと踊るなんて機会、最初で最後だろうしな」

目を合わせないまま、くすぐったそうに言う。

志藤はそうだな、と笑いながら、違うことを考えている。

おまえは立派に踊れるし、俺とも息が合うし、今からでも全然、遅くなんかないんじゃないか。

やっぱり氷の上がいい。何なら俺と一緒じゃなくたっていい。

ショーに出てみないか。

練習のたび、頭に浮かび、言えずにいる。

復帰はないのだろうとわかっている。

これは志藤の、勝手な願いだ。

あきらめきれないのは仕方がない。

しかし、口に出すのはルール違反だろうと思っている。

3

車で絵梨世を拾って、目的地へと向かう。彼女は行き先への道順を覚えていなかったので、住所を聞いてカーナビに入力した。絵梨世は、その住所も、スマホのメモを読み上げていた。

「もう何年も行ってなかったから」

助手席で、絵梨世はそう言ったきり黙っている。

志藤も無言で頷きを返し、アクセルを踏んだ。

披露宴で踊ってほしい、という話とは別に、絵梨世にされたもう一つの頼みごとは、二年近くずっと手つかずになっていたミラーの遺品整理に立ち会ってほしいというものだった。

役に立てないと思うし、正直あまり気が進まないと申告した志藤に、絵梨世は、ただ、付き添ってくれればいいのだと言った。

「ママは行きたがらないから。もう関係ないって言ってるし」

元妻、という立場なら、確かに、法的にも何の義務もないはずだ。

志藤は、絵梨世から、家庭の事情について聞いたことはない。しかし、志藤の知る限りでも、ミラーの素行は誉められたものではなかったし、結婚していた当時、三池梨香子が夫に暴力を振るわれていたという噂を聞いたこともある。

ミラーが死んだとき、梨香子は仕事で海外にいたこともあって、葬儀にも出席しなかったようだ。噂が本当なら、それも無理もない。

「私が何かする必要もないって言うけど、そういうわけにもいかないでしょ。マンションも相続だけして放ったらかしだったから、結婚前に片付けちゃおうと思って」

絵梨世は仕方ない、というように小さく息を吐いた。

数分前に婚約を伝えられ、「おめでとう」「ありがとう」とシンプルなやりとりをしたばかりだ。そこからの流れである。

ここまでプライベートな用事への付き添いを頼まれるほど、志藤は絵梨世と親しい関係ではない。友人ではあるが、もっとドライな関係だったはずだ。

何故自分に、と思い、いや、だからこそ自分なのか、と思い直す。

きっと、弱みを見せられるほどに近い相手ではだめなのだ。虚勢でも何でも、平気な顔をしているために、緊張感を保てるくらいの関係がいい。

そうでなければ、弱い部分も見てほしい、それごと受けとめてほしいと、彼女が思えるような相手か。

「婚約者に頼めばいいだろう」

形ばかりの抵抗を試みたが、

「家のこととか知られたくないの。ていうか、かかわらせたくない」

絵梨世にそう言われると、強くは出られなかった。

その気持ちはわからなくもない。自分が恋人の立場だったら、力になりたいと思うだろう。しかし、自分が絵梨世の立場だったら、恋人にはおそらく、知らせない。

「家の中で死んだわけじゃないけど、人が死んだ場所だし……」

誰でも連れていけるわけではない、ということらしい。志藤自身は気にしないが、嫌がる人間もいるだろうことは想像がつく。

志藤についてきてくれと言っておいて、繊細な人間は連れていけないと匂わせるのはさすがに失礼だと思ったのか、絵梨世は言葉を濁《にご》した。

「シオ先輩には頼めないし。あっちが気を遣うでしょ」

ためらいがちに付け足すのを聞き、志藤は思わず声をあげる。

「知っていたのか」

塩澤とミラーの関係について、絵梨世は気づいていないと思っていた。本人たちが言うはずはない。どこかで、噂を聞いてしまったのか。

心無い人間を経由すると、噂はどこまでも残酷な伝わり方をする。

塩澤がそれをおそれていたのも知っている。

絵梨世は志藤の顔を見て少し笑った。

「なんとなく気づいてた。今のでやっぱりって思った」

かまをかけられたらしい。

志藤が眉根を寄せても、彼女には悪びれる様子もない。

「別に、気にしてない。ママと別れたずっと後のことだし、シオ先輩だって、私と知り合う前のことだし……別の男の人とか女の人と一緒にいるの、見たこともあるし。シオ先輩は気にしそうだから、知ってるってことは言ってないだけよ」

たぶん私より、シオ先輩のほうが繊細よ、と肩をすくめた。

志藤も、そうだろうと思う。

絵梨世が気づいていることは、塩澤には言わないほうがいいだろう。

絵梨世がその場で塩澤とミラーの関係について知っているとほのめかしたのも、彼女の作戦のうちだったのかもしれない。志藤の反応を見て、噂の真偽を確かめ、志藤がそれを知っていることも、それについてどう思っているのかも確かめた。

おかげで断りにくくなった。

志藤は、自分でも少しわざとらしいと思いながらため息をついてみせる。

「車は出してやる。ただし作業は、荷物運びくらいしか手伝わないからな。家族でも友人でもない他人の持ち物をいじるのは抵抗がある」

相手が死者でも、遺族の許可があったとしてもだ。

絵梨世は「十分よ」と答えた。

「ありがとう」

ただ、立ち会ってほしい。何もしなくていいから、一緒にいてほしい。そんな頼みごとをする理由くらい、志藤にもわかる。

その場所に一人ではいたくないのだ。

離れて暮らしていた父親が、最後に過ごし、死んだ場所だった。

マンションに着き、車をゲスト用の駐車スペースに停めてエレベーターに乗る。

ミラーが住んでいた部屋は八階の端で、表札は出ていなかった。

何年も前に来たきりだという割にはスムーズに、絵梨世は玄関の鍵を開け、靴を脱いであがる。

荷物をリビングのソファの横に置いて、まずバルコニーのある正面の大きな窓を全開にした。

「適当に座っててね。ずっとほったらかしだったから、埃《ほこり》っぽいかもしれないけど」

志藤に一声かけて、リビングと反対側にぱたぱた走っていく。

志藤がリビングに入ると、後ろから、絵梨世が寝室や浴室の窓も開けているらしい音が聞こえてきた。

室内は片付いている。

あまり物がない、すっきりとした部屋だ。

一人暮らしの部屋には大きなソファセット、ローテーブル、大画面の壁掛けテレビ。

床はフローリングで、ソファのあるあたりにだけ、毛足の長い無地の絨毯が敷かれている。

シックな色合いでまとめられ、趣味は悪くないが、特別なこだわりも感じない。生活感に乏しく、どこか寒々しい印象だった。

「靴とか服とか、あっちにいっぱいあるから、まとめてリサイクルに出そうと思って。どこに何がどれだけあるかわかったら、後は業者を手配しちゃうから、今日箱詰めとかする必要はないの。リストを作って、いるものといらないものを区別するだけ」

すべての部屋の窓を開け放ったらしい絵梨世がリビングへ戻ってきて、リビングとひとつながりになっているダイニングからキッチンへと移動する。

ダイニングとキッチンは低いカウンターで仕切られているだけで、志藤の位置からは絵梨世の上半身が見えた。

「食器……はここね。新品じゃないと、誰かに譲るっていうわけにもいかないかな。一人暮らしだから大した数じゃないけど……あ、でもお酒いっぱいある」

冷蔵庫開けるの怖いんだけど、と言いながら絵梨世はキッチンの棚を次々と開けては中を確認している。

いちいち口に出すのは、もくもくと作業したくないからだろう。黙っていると、いろいろと考えてしまうものだ。作業の内容を口に出すことで、あらぬほうへ考えがいってしまわないようにしているのだ。

返事を期待されているわけではないとわかっているが、志藤もキッチンへ移動した。

絵梨世は、ちらっと振り向いて、黒い冷蔵庫の扉に手をかける。

「……冷蔵庫、開けなきゃだめよね。業者に依頼する前に、空にしておかないと」

「立ち会う約束だからな。立ち会うことはする」

「心強いわ……」

絵梨世が扉を開けると、幸いにも、というべきか、冷蔵庫の中にはほとんど何も入っていなかった。わずかな調味料と、ミネラルウォーターと酒、未開封のまま干からびた生ハムらしきものくらいだ。

絵梨世が持ってきたごみ袋に、だめになった食品と調味料を入れていく。作業は手伝わないと言ってあったが、まあごみをまとめるくらいならと、志藤は彼女の横でごみ袋を広げた。

「分別……」

「わかってるわよ。水道も止まってて洗えないから、容器ごと持ち帰ってうちで捨てる」

ミラーは自炊をしていなかったらしく、生ごみがほとんどなかったのは幸いだった。生ごみをこれだけの期間放置していたらどうなっていたのか、想像もしたくない。

志藤は、ごみ袋を広げたまま、キッチンのカウンターごしに室内を見回した。

住人の転落後、手つかずになっていた割に、部屋の中は荒れていない。

酔っ払い、前後不覚になって落ちた事故だったなら、テーブルの上に酒瓶やグラスが出したままになっているとか、よろけて家具にぶつかったりごみ箱を蹴とばしたりした跡があるとか、もう少し散らかっているのが普通だろう。

流し台の脇の水切りには、グラスが伏せてある。空の酒瓶や空き缶は、それぞれ、別の蓋つきのごみ箱に捨てられていた。

誰かが後から片付けたのでないとするならば、ミラーは一人で酒を飲み、グラスを洗い、空き瓶や空き缶を捨てた後で転落したということになる。酔いを醒《さ》まそうとバルコニーへ出て、うっかり足を滑らせた――というのは、無理があるだろう。よほど強い風でも吹いていない限り――いや、そもそもそんな強風の中バルコニーには出ていかないだろうし、仮に気まぐれで出たのだとしても、身長が一八〇センチ近くあり、体重もそれなりにあったはずのミラーが、多少よろめいたくらいで、手すりを乗り越えて落ちるなどということは考えにくい。いくら酔っていたとしても。

世論が自殺説に傾いたのも理解できる気がした。

「事故の後、警察が来たのよ」

棚を開けて、賞味期限切れのクラッカーやシリアル、コーヒー豆などを見つけては箱や袋ごとごみ袋に突っ込みながら、絵梨世が言う。

「私のところにも来たし、ママが帰国してからは、ママにも話を聞きに来てた。私には、一度話を聞いただけだったけど」

志藤はいっぱいになったごみ袋の口をしばった。

「ネットでも、色々、噂があったみたいだし……ただの事故だったら、別れた妻とか娘に、わざわざ話なんか聞くかなって、ちょっと思ったの」

志藤は目をあげて絵梨世を見る。絵梨世は自分の手元に目を向けている。

「ただの事故かどうか、確かめるためだろう」

「うん」

「その結果事故だとわかったから、もう話を聞く必要がなくなった、ということじゃないのか。ちゃんと調べて結論を出したんだ」

「うん」

そうよね、と答える絵梨世は、やはり、こちらを見なかった。

流し台の下を覗き、そこにあった洗剤やら何やらをまた、ぽんぽんと袋に放り込んでいる。

調理器具がなく、食器も一人分なので、キッチンの片付けには思ったほど時間がかからなかった。

「ちょっと思っただけ。……あっちの部屋のリサイクルに出せないもの集めてくるね。下着とか、さすがに捨てるしかないやつ」

絵梨世は屈《かが》めていた腰を伸ばして、ぱっと顔をあげる。新しいごみ袋を一枚とって歩き出してから、まだキッチンにいる志藤を振り返った。

「シドーはくつろいでて。何かいるものあったら持ってってていいよ」

「いらん」

だよねと笑って、空のごみ袋を引きずって行ってしまう。

絵梨世がミラーの寝室へと向かうのを見送り、志藤はしばしその場に立ち尽くした。くつろいで、と言われても、この状況では難しい。とはいえ立ったままでいるのも何なので、ソファに腰を下ろしてリビングを見渡した。

来たときにはカーテンが閉まっていたが、絵梨世が空気の入れ替えのために窓を開けたので、今はバルコニーが見える。

バルコニーといっても、奥行きは大してない。鉢植えを飾るくらいはできても、洗濯物を干すには少し狭いくらいだった。そもそも物干しが見当たらないから、ミラーは乾燥機を使っていたのかもしれない。そんなどうでもいいことを考えながら、ソファに座ったまま、八階からの景色を眺めた。

ミラーの落ちたバルコニーだ。

縁には縦格子の手すりがある。幼児の落下を防ぐために、法律で高さは決まっているはずだ。つまり、子どもだって誤って落ちたりしない、安全な高さに設定されている。

手すりの向こうにはわずかなスペースしかない。猫なら歩けるだろう、というくらいの幅だ。バルコニーへ出て、手すりから乗り出してみる気にはならなかった。むしろ、近づきたくない。そう思うのに、気がつくと眺めてしまう。

煙草を吸うためや、酔いを醒ますためにバルコニーへ出たとしても、うっかり足を滑らせて落ちるような造りにはなっていない。

その一方で、大人なら、自分で乗り越えることはたやすい高さだ。

手すりを乗り越えて、縦格子の向こう側に立って、手を離す――そんなところを想像する。

想像の中で、そうしているのはミラーだった。

頭を一つ振って、浮かんだ想像を振り払った。

絵梨世が自分を連れてきた理由がよくわかる。

ふとした瞬間に頭に浮かび、気づけばその思考に飲み込まれてしまう。気を逸らすための逃げ道が必要だった。

志藤にとってミラーは、他人を見下し、辛辣な言葉を投げ、踏みつけることをなんとも思っていない男だった。

実際は、なんとも思っていないわけではなかったのだとしても、そう見えた。そう見えるように振舞っていた。

傲岸であることが強さだと信じているかのようだった。だとしたら彼は、本人や周囲の人間が思っていたほど、強くはなかったのかもしれない。

彼は孤独だったのかもしれないと、殺風景な部屋から感じる。感傷的になるのは自分の勝手で、彼はそう評されることを望まないだろう。

しかし、もしそれが正しかったとしても、同情はできない。

最期の瞬間にミラーが孤独だったとしたら、それは彼の責任だった。

手持ち無沙汰なせいで、益体《やくたい》もないことばかりを考えてしまう。

絵梨世を手伝いに行こうかと腰を上げかけたとき、ソファの下で何か光った。

ソファとの間に挟まり、毛足の長い絨毯に半ば埋もれる形になっている。腰を屈めてソファの下から引き出し、拾い上げると、金色の細い鎖だった。繊細な造りで、安っぽいものではない。

ネックレスにしては短い。手のひらにのせると、鈴のような形の小さな金具がついていた。

どこかで見た、と思い、すぐに思い当たる。

塩澤が、以前、手首につけていた。

何度か見た覚えがある。男性が、こういう華奢な鎖のブレスレットをつけているのはあまり見かけないので、印象に残っていた。さすが、つけこなしているな、と感心していた。自分なら選ばない装飾品だが、塩澤の、骨の浮き出た手首には似合っていた。

そういえば、最近は見ていない気がする。彼は服もアクセサリーも、次々に新しいものを身に着けるから、特にどうとも思っていなかったが――。

鎖には、中ほどでちぎれた跡がある。

塩澤がここを訪ねたときに、どこかに引っかけてしまい、そのまま気づかず落としていったのだろうか。いつ？

「リサイクルに出すやつ、靴と鞄は箱があったから今日運び出しちゃおうと思うんだけど、いい？」

絵梨世が廊下から顔を出した。

志藤はとっさに、ちぎれたブレスレットを手のひらに握り込む。

そのまま、絵梨世のいる方と反対側のポケットに押し込んだ。

「ああ、トランクと後部座席に積める量なら」

立ち上がり、自分もリビングから廊下へ出る。

「車に運ぶか？　手伝おうか」

「お願いしていい？　玄関まで持ってくるから」

「じゃあ、今日運び出すものを選んでこの辺に置いておいてくれ。俺が運んで車に積んでいく」

冷静になってみれば、絵梨世は生前のミラーと塩澤の関係を察していたのだから、隠す必要はなかったのだ。

部屋にブレスレットが落ちていたからといって、ミラーが死ぬ直前に塩澤と会っていたことにはならない。何かの拍子に落として、ずっと前からそこにあったのかもしれない。

絵梨世だって、このブレスレットが塩澤のものだと気づいたとしても、彼に何らかの責任があるなどと思わないだろう。

それでも、思わず隠してしまった。

「もう一つ、お願いついでに……遺品の中で、売ったり捨てたりできないものを預かっていてもらえない？　ちょっとの間だけ」

いくつ目かの箱を運んできたとき、絵梨世が言った。

「カナダの実家に送るか、どうするか……考えてから、引き取りに行くから」

気乗りはしなかったが、乗りかかった船だと思い引き受けた。梨香子のいる実家にも、婚約者との新居にも、父親の遺品は持ち帰りにくい、という気持ちはわかる。

志藤は絵梨世が玄関へ運んできた靴箱をいくつか重ね、両腕に抱えて駐車場へと運んだ。何往復することになるかわからない。いい運動になりそうだ。

一度地面に下ろした靴箱を車のトランクに詰め、息を吐きながら駐車場から見上げた八階の窓は、ずいぶん遠く小さく見える。

彼が何故死んだのか、残された者たちが知るすべはない。

答え合わせができない以上、考えても意味はない。遺族にとってはきっとつらいばかりなのに、考えずにはいられないのだ。

何年も会っていなかったという絵梨世が、父親の死の前後の様子を知らなかったのは当たり前だった。深く知っているつもりの相手にだって、知らない部分はあるものだろう。

それに、魔が差す、ということは、誰にでもあることなのかもしれない。流れで、タイミングで、いろいろなものの積み重ねで、あるときぽんと背中を押されるように、とるはずのない行動をとってしまうことがある。最悪のコンディションのとき、最悪のタイミングで背中を押されてしまったら、どんな人間でも、何をするかわからない。

左のポケットに手を入れ、指先で鎖の感触を確かめる。

これをどうすべきなのか、志藤は決めかねている。

4

五月の日差しはあたたかく、風はさわやかで、祝いごとにはうってつけの日だ。

塩澤が細部までこだわった衣装を身に着け、完璧なコンディションで臨んだパーティー当日、二人は出席者たちから大喝采を受けた。

難易度の高いターンもスピンも、気合で取り入れたリフトも、ポジションチェンジを含めすべて成功した。

曲が終わった瞬間は達成感でいっぱいで、またハグとキスをしたいくらいだったが、あらかじめ「絶対やるな」と釘をさされている。志藤は言いつけを守り、塩澤と並んで、まず花嫁花婿に、それから出席者たちに、礼をしてみせた。息切れしていることを隠し、笑顔で、できる限り優雅に。

目が合った塩澤は、満足げに微笑んでいる。左サイドの髪だけをあげたヘアスタイルであらわになった左耳に、タイに合わせた色の石が光っていた。

嬉しさと誇らしさがこみ上げ、抱きしめたくなったが、鉄の意志で我慢する。

花嫁からハグと頬へのキスをもらい、席へと戻った二人はたちまち、ほかの参加者たちに取り囲まれた。

現役復帰しろよ、ショーに出ろ、氷の上でも見たい、もう滑らないなんてもったいない――志藤が言いたくて言えずにいたことを、彼らは塩澤の肩を叩いて軽々と口にする。

塩澤は笑顔でかわしている。

もっと言ってやってくれ、と笑ってみせながら、志藤は、何故そうならないのだろうと思う。何故も何もない、塩澤が決めたことで、他人が口出しできる筋合いのことではないとわかってはいる。

「燕尾のテールが広がって回るの、かっこいいな。あれは踊り方がいいのか？　衣装が特別なのか？」

「回り方も意識した。でも広がるようには作ってある」

「そこのフリルどうなってるの？　見せて見せて」

「ここは取り外しができるようになってて……」

衣装に興味を持たれて、塩澤は嬉しそうに説明をしている。デザインを楽しんでいて、プライドを持っていて、今の仕事に満足しているのがわかる。

でも、踊るのも好きだろう。滑りたい気持ちが、なくなったわけじゃないだろう？

本当に楽しかった。塩澤も楽しそうだった。それがいけない。惜しんでしまう。期待を持ってしまう。

かろうじて、口に出さないだけの分別はあった。

志藤は塩澤から視線を逸らし、ダンスの出来を誉めてくれる人たちに笑顔を返す。

ようやく解放されて、志藤と同じテーブルについた塩澤は、シャンパングラスを手にとり、朗らかな表情だ。デザインの仕事の宣伝にもなった、と満足げだった。

ダンスがあるから、志藤と塩澤は食事やシャンパンに手をつけていなかった。二人で遅れて食べ始める。腹が減っていたのに加え、ほっとしたのもあって、ことさらに美味に感じた。

塩澤は上機嫌だ。普段は食が細い印象だったが、皿はきれいに空になっていた。

「結構楽しいなソシアルダンス。趣味で続けてみてもいいかもな」

おい待て、だったらそこはフィギュアでいいだろう。どうせ踊るなら氷の上でやれ。頭に浮かんだ言葉を抑え込み、「そうだな」と返す。

もう十分にもらったと感謝していたはずなのに、こうやって思わぬところで少しずつ与えられるから、欲が出てきてしまうのだ。

風が若葉を揺らす様子が、大きな窓越しに見えている。

ちょうどいいタイミングで、デザートはテラスにご用意しました、というアナウンスが入った。食事は個別にサーブされていたが、デザートだけはビュッフェ形式で、好きなものを選べるようだ。出席者たちが席を立ち、次々とテラスへと出ていく。

デザートの皿が用意された長テーブルの前には、たちまち列ができた。しばらく様子を見るつもりで、座ったまま眺めていると、食事を終えた塩澤が立ち上がる。

「紅茶もらってくる。おまえは？」

「ああ、コーヒー……自分で行く。ありがとう」

ん、と頷いて塩澤は、比較的空いているホットドリンクのテーブルに歩いていく。ヒールのある靴を履いているせいで、いつも以上に脚が長く見えた。モデルもやれそうだ。

スーツのデザインがいいのもあるだろう。存在感があり、主張するのに、着る人間の美しさを引き出す服だ。やはり彼には、デザインの才能がある。

塩澤が、スケートしかできない男だったらよかったのに。

そんなことを思い、自分はどうしようもないな、と一人、口元を隠して笑った。

自分だって、彼のデザインした衣装で滑ったのだ。すばらしいと思った。今日また彼の作った服を着て、改めてその思いを強くした。

彼はリンクを去ってからも、新たな場所で、新たな才能を活かして輝いている。

応援する気持ちは確かに本物で、誇らしくさえ思うのに、その一方で、こんなことを考えもする。勝手極まりない。

その服を着てなるべくたくさんの人の目に触れろ、歩き回れ、広告塔になれ、と言われていたことを思い出し、立ち上がった。ダンスで十分人目には触れたはずだが、普通に立って歩いているところを見せることに意味があるのだろう。

塩澤にデザインの才能がなければよかった、などと考えたことへの罪滅ぼしに、せめて衣装がよく見えるよう、ゆっくりとフロアを横切る。

花嫁の絵梨世はさすがに座ったまま、次々と挨拶に来る出席者たちの相手をしているが、気を利かせたスタッフが彼女の元へもデザートの皿を運んでいた。

開け放たれた窓の向こうに見えるテラスは日当たりがよく、気持ちがよさそうだ。

そこへ向かう途中で、呼びとめられた。

「あの、志藤さん、ダンスすごかったです。一緒に写真撮ってもらえませんか」

絵梨世と同年代の女性二人組だった。快く応じ、また歩き出そうとすると、今度はもう少し年上の女性たちに声をかけられる。

「ファンなんです」

「大会観ました！　今日のダンスもかっこよかったです」

「私も社交ダンスやってるんです。まさか志藤選手のダンスが見られるなんて……」

「衣装も素敵ですね」

「ありがとうございます。ダンスのパートナーだった塩澤がデザインしたんですよ」

今日の主役は花嫁と花婿なので、あまり自分が目立つのは望ましくないが、同じパーティーの出席者に邪険にするわけにはいかない。にこやかに握手や撮影に応じた。

女性たちと話しながらふと見ると、塩澤も、志藤の知らない誰かと話している。紅茶を取りに行ったはずだが、カップを持っていないので、紅茶のテーブルにたどり着く前につかまったようだ。

皿をとっても、自分の席に持ち帰らず、そのまま他の客たちと立ち話をする者が多い。

なるほど、違うテーブルの客同士が交流するためのデザートビュッフェか、と納得した。

ようやく人が途切れたので、コーヒーを取りに行く。

立ったまま一口飲んで息を吐いたところで、斜め後ろから声が聞こえてきた。

「でも本当、よかったわよ。こうして披露宴ができて」

何気なく目をやると、それぞれ上品そうなパステルカラーのスーツと着物を着た年配の女性二人が、プチガトーの盛り合わせを手に立ち話をしている。

「お父さんも出席できたらよかったのにね。去年だか一昨年だか、あんなことになって」

「ねえ。でも天国で喜んでるでしょう、きっと」

「ほら、変な噂もあるでしょ、自殺したとか殺されたとかって。心配してたけど、お嬢さん、幸せそうでよかった」

祝いの席で無粋な話題だ。

知らず、眉間に力が入る。

コーヒーも確保したことだし、とその場を離れようとして、青いワンピースを着た三池梨香子が、テラスとフロアの境目あたりに立っているのに気がついた。

彼女は笑顔で、スーツ姿の壮年の男性に頭を下げている。ちょうど話が終わったらしく、男性は会釈を返して去っていくところだった。

幸い、テラスでの会話は、おそらく聞こえない距離だ。

「三池さん」

コーヒーカップを手に持ったまま、歩み寄って声をかけた。

ミラーの死について話していた女性たちが、志藤の声で梨香子の存在に気づき、口をつぐむ。

「志藤くん」

「本日はおめでとうございます。いい披露宴ですね」

志藤と塩澤はダンスのリハーサルのために早めに会場に到着していたから、パーティーの前にも一度挨拶をしていたが、改めて祝いの言葉を伝える。

「ありがとう、ダンスすごく素敵だった。絵梨世がわがままを言って……忙しいのに、大変だったでしょう」

「とんでもない。楽しかったですよ」

それは本当だ。

得難い時間だった。

絵梨世は自分のためにこの時間を用意してくれたのではないかと思うほどだった。

絵梨世は塩澤のファンだから、結婚披露宴で彼に踊ってほしいというのは確かに彼女のわがままと言えるし、塩澤は一人だとイエスとは言わないだろうから志藤とペアで、という発想だったのだろう。それでも、機会を与えてくれたことに感謝せずにはいられない。

ダンスを披露し終えて絵梨世を見たとき、彼女が笑っていて嬉しかった。それが心からの笑顔なのは、一目でわかった。

今日、誰よりも幸せでいるべき人を、笑顔にできたことが誇らしかった。彼女に祝福を届けられたことに満足した。

けれど、次の瞬間には、また自分勝手なことを考えた。

塩澤に、ほら見ろよ、おまえには人を夢中にさせる力があるんだと言いたい。世界中にも、それを知らしめたい。あっというまに、頭はそんな思いに支配されていた。あの場でそうしなかったのは、社会人としての、なけなしの理性が働いたからだ。

本当は、塩澤も、世界も、そんなことはとっくに知っているのだと理解している。

プチガトーの皿を持った女性たちはいつのまにか、自分たちの席へと戻ったらしい。姿が見えなくなっていた。

梨香子や絵梨世の耳に入らなくてよかった。くだらない噂だ。

「噂になるのは仕方ないわ。生きてるときから、よくない噂は絶えなかったもの、もう慣れっこ」

梨香子が穏やかな口調で言う。

一瞬視線をやっただけなのに、それだけで気づかれてしまったらしい。失態だった。すみません、とうなだれる志藤に、梨香子は笑っている。

「何で謝るの。気を遣ってくれたでしょう、紳士だなと思ってたの」

気を遣っても、当の相手に見抜かれていては無意味だ。

梨香子は気にしていないようだが、気分がいいわけがない。

「噂は、無責任なものです」

この話題を引きずるのはよくないと思いながら、短く伝える。

そうね、と彼女は頷いた。

「彼は問題を抱えていたけど、絵梨世の父親だし、世間のイメージほど悪い人間じゃなかった。噂は大げさね」

「問題……」

「潔癖症、アルコール依存、自信過剰、自意識過剰……」

次々と指を折りながら挙げられ、苦笑する。梨香子は志藤を見てまた微笑み、「別れてせいせいしてるけど」と呟いた。

「でも、この場にあの人がいないことは残念」

そうですねと返し、もう一度会釈をして、志藤はその場を離れる。塩澤がまだつかまっていたので、コーヒーの横に並んでいた紅茶のカップをもう片方の手でとってテラスを出た。

志藤と入れ違いになる形でテラスに来た夫婦の女性のほうが、梨香子に話しかける声が後ろから聞こえる。

「いい披露宴ね。ほんとよかったわ、お天気もよくて。落ち着いた？　あの時は警察が来たり、大変だったんでしょ」

「事件性がないかどうか、念のためにね。長くかかったけど、ようやく決着がつきそうなの。皆さんにはご心配をおかけして」

自分が思っていたよりも、祝いの席で花嫁の父の不審死に触れることを非常識と考えない人間は多いようだ。不遠慮に大きな声で話しているから、テラスにいる他の客たちにも聞こえているだろう。テラスと室内の境目のあたりにいた塩澤が、ちらりと梨香子たちのほうへ目を向けるのが見えた。

こんな調子でことあるごとに蒸し返されては、絵梨世が気にするのも無理はない。

せめて今日は、何の憂いもなく過ごしてほしかった。

無責任にささやかれる悲しい噂は、信じないほうがいい。

自分などが言わなくても、絵梨世はそんなことはわかっている。それでもうつむきかけてしまうこともあるだろうが、自分よりもっと彼女の近くにいる人たちがきっと、何度でも顔をあげさせてくれる。

友人たちと写真撮影をしている絵梨世を遠目に見て、志藤はもう一度、彼女の幸せを願った。

「紅茶、もらってきたぞ。テーブルに運んでおく」

通り過ぎざま、塩澤に声をかける。

志藤ほどファンサービスに慣れていなそうな塩澤は、助かった、とばかりに振り向いた。

「あ、ああ。サンキュ、俺も戻る」

握手をしていた相手に「失礼します」と声をかけて、志藤についてくる。

二人並んで歩いていると、一人でいるとき以上に視線を感じた。足を止めていてはきりがないので、声をかけられる前にテーブルへと戻る。

塩澤は志藤からティーカップとソーサーを受け取り、待ちわびた、というように口をつけた。

「なんか久しぶりにめちゃくちゃ声かけられる。ダンスのせいか？」

「フィギュアの関係者も少なくないからな。おまえとの遭遇は今やレアな機会だし」

「そりゃ、ありがたい話だけど」

披露宴は終わりに近づいている。

ダンスが始まるまでは緊張して、踊っているときは夢中で、急いで食事をして、その後は声をかけてきてくれる人たちに対応しているうちに、時間が過ぎていた。なんだか慌ただしかったな、と志藤がこぼし、塩澤も同意する。

「後でゆっくり飲み直したいな」

「つきあおう。俺も、なんだか、食った気も飲んだ気もしない」

志藤はコーヒーカップをとり、乾杯をするように顎の高さに掲げた。塩澤も同じ仕草で応じる。

「お疲れ」

塩澤の言葉に頷き、互いのカップを軽く触れ合わせる。かちん、と硬い音がする。

祝いの席だからか、塩澤は時計をつけていない。骨の突き出た手首が見えていた。

ミラーの部屋で拾ったブレスレットは、今も自室の引き出しにある。

カップを持ち上げる塩澤のカフスに、ピアスと同じ石が留まっていた。

＊＊＊

披露宴会場を後にして、馴染みのバーへ行き、チーズをつまみながら二杯ほど飲んだ。塩澤が引退を発表した後、二人で飲んだのと同じ店だ。

朝までやっている店だったが、混んできたので早々に退店し、タクシーで志藤のマンションへ移動する。まだ飲み足りない気分だった。塩澤もそうらしく、家で飲まないかという誘いについてきた。

冷蔵庫のビールだけでは心もとなかったので、コンビニの前でタクシーを降り、酒を調達する。二人して、酒の詰まったレジ袋を両手に提げ、マンションまでの短い距離を歩いた。

引き出物がカタログギフトで、軽くて助かった。タクシーに待っていてもらえばよかったな、と笑いながらエレベーターに乗る。すでに酒が入っているので、何をしても楽しい。

買ってきたビールを冷蔵庫に入れ、冷蔵庫に入っていた冷えたビールを取り出して、そちらから飲み始める。

二人とも酒には強いほうだ。冷えていたビールはあっというまになくなった。新しいビールはそれほど冷えていない。まあいいか、と冷蔵庫から出して飲んだ。

開けていない日本酒があったのを思い出し、途中からそれも飲み始めた。

塩澤は、向かいあわせではなく、志藤の直角の位置に座っている。

ジャケットを脱ぎ、取り外せる装飾はすべて取り外しているが、ドレスシャツや入念にセットされたままの髪型には非日常感があった。そんな恰好で、手酌で缶ビールを飲み、だらしなくソファに沈んでいるのは不思議な光景だ。しかも、それが自分の家のソファなのだからなおさらだった。

自分だけ着替えるのも悪い気がして、志藤も首元だけくつろげて、フォーマルな服装のままで飲んでいる。

「いい披露宴だったなあ」

話題が何巡かした後、赤い顔の塩澤がしみじみと言った。今さら、とは言わず、志藤も頷く。

「エリセはおまえのファンなのに、全然タイプが違う相手だったな」

「そんなもんだろ。そもそもエリセが俺のファンって言ったのは、スケーターとしてって話だし」

花婿は終始にこにこして、絵梨世をきれいだきれいだと誉めていた。志藤と塩澤にも、「本物だ」「かっこいい」「今日はありがとうございます」と低姿勢で、ミラーが生きていたら「娘の隣に立つのならもっと堂々としろ」とこきおろしていたに違いない。しかし、志藤は好感を持った。明るく、はきはきとしていて、気持ちがいい男だった。不愉快な噂が絵梨世にまとわりつくことがあっても、彼が隣にいれば大丈夫だろう。

「地獄の練習も、終わってみるとあっというまだったな」

「俺たち、本気すぎたよな。半年前から振りつけて、スタジオ借りて」

「半年間ずっとやってたわけじゃないけどな」

何にせよ成功してよかった、ああ、よかった、と言い合って、何度目かの乾杯をした。

今日一日で、何度も同じようなやりとりをしている。

ガラステーブルの上に、空き缶が増えていく。

「楽しかったな」

志藤が言うと、塩澤もそうだなと答えた。もうすっかり終わったことを語る表情でいる。それでつい、本音がこぼれる。

「氷の上でやりたかった」

志藤の中で渦巻く本音の、ほんのひとかけらにすぎない。それでも、これまで口には出さずにいたかけらだった。

塩澤は困った表情で笑う。それが答えだろう。

いつもの志藤ならここであきらめる。しかし、今夜は違った。

酒の勢いだけではない。数時間前の、痺れるような高揚感や、これで最後なのかと思った瞬間の喪失感や、今、楽しく飲んでいるということ。ここが志藤のテリトリーだということ。二人きりだということ。そういったものが、背中を押す。

披露宴が終わり、もう、ダンスの練習をする必要はなくなった。塩澤と定期的に会う理由もなくなる。シーズンが始まれば、さらに会う機会は減り、半年、一年があっというまに過ぎて、次に会うときにはお互いの状況がどうなっているかわからない。

今の時点でも、細い糸のような希望だが、時間が経てばますます実現から遠ざかる。今言わなければ、と思った。

「もう滑らないのか。滑る気はないのか?」

塩澤は、競技を引退したとしても、プロになるものと思っていた。競技とは違い、制約の少ないアイスショーなら、衣装や振付など、演出の幅も広がる。彼なら人気が出ただろう。しかし彼は、競技からの引退と同時に、スケート界からも去ってしまった。

「どうしてやめたんだ。競技じゃなくても……ショーに出ればいいだろう。跳ばなくてもいいし、そもそも、全然跳べなくなったわけでもないんだ。おまえなら、いくらでも」

理解者の顔をして、彼の選択を尊重して、笑って送り出してみせたのに、そのためにあんなに努力をしたのに、今さらみっともないと自分でも思う。それでも言ってしまう。

「半年間、床の上で練習しただけでわかる。おまえは今でも踊れるし、滑れるはずだ。スケートに嫌気がさしたってわけじゃないだろう」

ぐい、とグラスに残った酒を飲み干し、勢いをつける。

言ってしまえ。

みっともなくていい。

「未練はないのか」

塩澤は志藤の本気から逃げるように、視線を斜め上方へ逸らした。

「まあ、ないことはないけど」

「俺はある。おまえのスケートに未練たらたらだ」

志藤はほとんどにらみつけるように、まっすぐに塩澤を見ている。

一瞬、思わずといったように塩澤がこちらを見て、目が合った。逃がさない、という思いを込めて、志藤は目を逸らさずに続ける。

「未練がないことはないのに、きっぱりやめてしまったのは……」

そこにいたくない理由があったのか。

そのとき初めて、はっとした。それまでは考えもしなかった理由が、何故か今、頭に浮かぶ。

「アレックス・ミラーか？」

へ？　と塩澤が声をあげた。

一秒前まで、どうやって話題をそらそう、というように視線をうろうろさせていたのが、素になっている。

「ミラー？　なんで」

「恋人だったんだろう」

「は？　違うけど」

二人とも沈黙した。

じっと志藤が視線を逸らさずにいると、塩澤は慌てたように、嘘じゃないって、と言う。

「どこ情報だよそれ」

「以前、ミラーが話しているのを聞いた。関係をほのめかすようなことを……ほかにも、噂で、少し」

「あー……」

塩澤は、なるほどという表情になった。気まずそうに頬を掻《か》く。

知ってたのか、と小さく呟くのが聞こえ、いつのまにか膝の上で握っていた拳に力が入った。

「いやだから、……違う。知ってたのかっていうのは、俺の……こっちの話で、ミラーとは、あー……つまりその、遊んだことはあるけど……」

今度はがりがりと頭を掻き、言葉を探している様子だ。

恋人というわけではなかった、と言いたいらしい。

遊んだことはある。割り切った関係というやつか。

「……でも、おまえは、好きだったんじゃないのか」

塩澤はまた、意外そうに志藤を見た。

「なんで？」

否定でも肯定でもなく、ただ尋ねられただけだが、否定的なニュアンスを感じる。ごまかそうとしているようには見えない。事実に反することを言われ、怒るでもなくおもしろがるでもなく、何故志藤がそう思ったのか、純粋に疑問に思っているというような声音だ。

「たまたま、以前……そういう趣旨の発言をしているのを聞いた」

あれ？　と思いながら志藤が答えると、

「ミラーが？」

おまえからかわれたんじゃねえの、と塩澤は呆れた声で言った。

「なんて言われたんだよ」

「おまえが、メールを……」

「メール？　ミラーへの？」

「ミラーからの」

大事に保護していて、それが重いという話だった。

しかし、塩澤への心無い言動を、本人に具体的に伝えるのは憚《はばか》られる。志藤が口ごもったのを見て、塩澤は鞄からスマホを取り出した。

「見るか？　ミラーからのメールなんてそんな何通もないけど、削除もしてねえから、遡《さかのぼ》れば……」

実物を見せようと、ミラーからのメールを探しているらしい。塩澤は、かなり時間をかけてスマホの画面をスクロールしている。

その動作だけで、フォルダを分けてはいないのがわかった。

　もういい、と志藤が言いかけたとき、塩澤が「あった」と手をとめる。

「ホラ。こんなんだぞ」

　スマホの画面を見せられた。画面には、『九階のバーに来い』とだけ、素っ気ないにもほどがあるメールが表示されている。タイトルはなく、本文も一行しかない。

　古い日付だ。五年前だった。

　何より、保護などされていない。

「ミラーが何言ってたのかは知らないけどさ、話を盛ったんだろ。仲間内で盛り上がるためにとか、やりそうなことだ」

　肩の力が抜けて、そうか、と声が漏れた。

「そうか……」

　ソファに背中をつけて息を吐いた。

　男同士で飲んでいるときにはありがちなことだ。あることないこと、あることも大幅に脚色して、武勇伝のように話していただけだった。それをたまたま聞いた志藤が真に受けて、わざわざ突っかかっていった。

　ミラーはおもしろがって、煽るようなことを言ったのだろう。

　自分はからかわれたのだ。

　あの男の性格はわかっていたはずなのに、まんまと踊らされた。何故あのとき冷静になれなかったのか、と悔しいやら情けないやら、あっさりと明かされた事実にほっとするやら、複雑な気分だった。

「いや、それでも、あっちが悪い。本人に無断でごくプライベートなことをネタにするのは下劣だし、それが嘘ならなお悪い。名誉を棄損する行為だ。俺の怒りは正当だ」

志藤はソファから身を起こしてそう主張する。

一瞬、自分の勘違いを恥じそうになったが、そもそも意図的に勘違いさせるようなことを言ったのはミラーだし、彼がその前に塩澤を侮辱していたのも事実だ。

思い出して憤慨していると、塩澤がはははっと笑い声をあげた。

「おまえいい奴だな」

怒ってくれたのか。そう言って、ソファの肘置きに片肘をついている。

その顔が嬉しそうだったから、まあいいか、と思いつつ、それを表情に出すのもなんとなく気恥ずかしい。志藤は黙ってグラスに残った酒を舐める。

しばらく二人してグラスを傾けた。沈黙が続き、志藤が日本酒の瓶に手を伸ばしたところで、塩澤が、こちらをうかがうように一瞬視線を向けて、また外した。

「引いた?」

ぽつんと呟くように訊かれ、

「何がだ」

と訊き返す。

塩澤は、いや、と言葉を濁した。

そこでようやく、彼の性的指向について言っているのだと気がついた。

「引く意味がないだろう。必要も理由もない」

このまま流してしまってはいけない。

なんでもない、忘れてくれ、と言われてしまう前に、急いで口を開いた。

塩澤は唇の端を少しあげ、笑みに近い表情を作ったが、志藤は、それが儀礼的なものだとわかってしまう。塩澤は、そうか、よかった、と表面上安心したふりをして話を終えるつもりだ。志藤の言葉は、おそらくまだ、正しく伝わってはいないのに。

前のめりになり、塩澤と目を合わせて、志藤は声を低くする。打ち明け話をするときのように、真剣な表情を作る。

「正直に言うぞ」

塩澤は、グラスを手にしてリラックスした姿勢を崩さなかったが、内心では身構えたはずだ。彼が緊張する必要はないのに、と申し訳なくなった。志藤としても、もったいぶっているつもりはなく、ただ、自分から恥を晒《さら》す覚悟がつかないだけだった。

時間を置けば、余計に言いにくくなる。意を決して告げた。

「友人の恋愛関係に口を挟むのはどうかと黙っていたが……ミラーとつきあっていると聞いたとき、おまえは意外と男の趣味が悪いと思った。どう考えても俺のほうがいい男なのに、見る目がないと」

一呼吸置いて、塩澤は笑い出した。

そんなに、というほど笑って、酒をこぼしそうになり、グラスをテーブルに置く。その後も笑いは収まらなかった。文字通り腹を抱えて肩を揺らしていたかと思うと、今は呼吸を整えながら目元を拭っている。正直な気持ちを伝えて大笑いされた志藤は、涙が出るほど笑うことはないだろう、と恨めしい思いでそれを見守った。

「どこでも一番じゃないと気が済まないのかおまえは」

「そんなことはない。が、正直、ミラーに負けるのは癪《しやく》だった」

「心配しなくても、間違いなくおまえのほうがいい男だよ」

笑ってくれた。

性的指向は友情に何も影響しない、ということは伝わったようで、ひとまず安心する。しかし——塩澤はこうして笑いごとにしてくれたが——塩澤にあんな質問をさせたのは、自分だった。興味本位のつもりはなかったが、自分勝手な理由で、友人のプライバシーに踏み込んだ。しかも、誤解と思い込みに基づいて。

無粋な真似をした、自覚はあった。なかったことにはできない。

塩澤が落ち着くのを待って、「悪かった」と頭を下げる。

今度は塩澤が、「何が」と言った。

目を細めて自分を見る、その表情から、何に対する謝罪か理解したうえで、気にしていないと言っているのがわかった。

どんなに親しい仲でも、ごくプライベートな部分に触れられて、気にならないわけがない。それでも塩澤は許してくれるだろうと、どこかで思いながら謝罪した。

そのとおりになってほっとしているくせに、簡単に許されたことに罪悪感を抱いている。謝らずに済ませることはできないと思ったが、謝ったことも卑怯だったように思えて黙りこんだ。

塩澤は、志藤のその心中すら見透かしたような表情でいる。

「スケートをやめたのは、やり切ったからだよ。そう思えたからだ」

一度置いたグラスを手にとって言った。

「ミラーは関係ない。他人は関係なくて、全部俺の中の……ああでも、まったく関係なくはないか」

　強いて言うならおまえかな、と塩澤がこぼすので、志藤は顔をあげて彼を見た。

　俺、と呟く。塩澤はそう、おまえ、と答えた。

「きっぱり断ち切ったつもりでいても、近くにいるとまた滑りたくなるかもしれないから、距離を置いたところはあるかも」

　そう言って、彼はグラスに口をつける。

「おまえと滑って、競っていられた。それだけで、俺はたぶん、一生幸せなんだ。おまえが今も滑ってくれてて、それを見ていられるなんて、もらいすぎてるくらいだ」

　口元を緩めて、目を細めて、あたたかい思い出を語るときの表情で言った。

　満足げに。言葉のとおり、幸せそうに。

　何だそれ、と思った。

　もう終わったことを懐かしむような目をするな。

　さっきまでの反省はどこへやらで、気がつけば志藤は口を開いていた。

「俺は幸せじゃない」

　弾かれたように顔をあげた塩澤と目が合う。驚いた表情を見て、ああ、今の言い方は語弊があるな、と気がついた。彼を責める意図はないのだ。

「いや、そうじゃない。楽しかったし、今も楽しい。そういう意味では、俺も幸せなんだろう。でも十分じゃない」

　足りないものがあるんだ、と続ける。

　これまでずっと抱えていて、言えずにいたことだ。言わないつもりでいたことだった。

「おまえが、また、氷の上に戻ってこないかと……俺は、まだ……ずっと」

すう、と息を吸い、吐いた。

完全に勢いだったが、話し出したら止まらなかった。覚悟が決まってしまった。

「――ずっと思っていた。こんなことを言っても困らせるだけだとわかっていたから言わなかったが、気が変わった」

おまえが困ってもいいから言う。そう宣言して、塩澤に向き直る。

互いに逃げ場がないように、まっすぐ目を見て言った。

「戻ってこないか。……戻って、きてほしい。競技じゃなくてもいい。ショーでも、定期的じゃなく、単発の公演でも。また滑る気はないのか？」

俺はおまえと滑りたい。おまえのスケートを見たい。

それは、ただただ自分勝手な、志藤個人の願望だった。

わかっていたからこれまで口に出せずにいたそれを、吐き出してしまう。

最初は驚いた様子だった塩澤の表情が、真剣なものに変わった。

志藤が本気だとわかったからだろう。

正面から視線を受けとめ、そのまま目を逸らさずに言った。

「俺は今は、別の場所にいて、そこを自分の居場所だと思ってる。自分で選んだ場所だし、気に入ってる。氷の上には戻らないと思う」

ありがとう、とか、気持ちは嬉しいけど、というような前置きは何もない。一言一言をゆっくりと静かに、誤解のしようもないほど、はっきりと告げる。

彼の誠意だった。

志藤にもそれはわかった。

そうか、と応えようとした声がかすれ、

「そうか。わかった」

一度呼吸を整えて、改めて言った。

息を吐くと同時に、力が抜ける。

「ふられた」

独り言のようなその呟きに、塩澤は少し、目元を緩めた。

「ごめんな」

「いや。わかっていた」

志藤はソファに沈み込み、天井を見上げる。

「わかっていても、言いたかったんだ。じゃないと、あきらめがつかなかった」

言えてよかった。

受け入れられないだろうとわかっていて、一方的な願望を伝えたこと自体、身勝手な行為だ。

自分が楽になるためだけに相手に甘えた。おそらく気づいていて、塩澤はちゃんと答えてくれたのだ。

そのことに感謝する。

小さな声で、ありがとう、と言った。

塩澤に聞こえたかどうかはわからなかった。それでよかった。

「誤解しないでくれ。もう二度と滑らなくても、親友だ。ライバルでいてくれたことに感謝している。一生、ずっと」

ソファから体を起こして、塩澤を見、そう伝える。精一杯の気持ちだった。

塩澤は手に持ったグラスを回すような仕草をして、酒が揺れるのに目を落とし、

「一生、親友か」

独り言のように呟いた。

口元には笑みが浮かんでいる。

こちらを向いて、悪くないな、と言い、グラスを差し出した。

中身のほとんど入っていないグラスを軽くぶつけあって乾杯する。

飲み干して、おかわりを注いだ。

まだまだ、いくらでも飲めそうな気がしていた。泣きたい気持ちと清々しい気分とが、半々だった。これは、そうだ、失恋したときの気分だ。勝算なしにぶつかって玉砕するなんて、いつぶりだろう。思い出せない。初めてかもしれない。

これはこれで、悪くなかった。

「やはり願いごとは口に出したほうがいい。そうすればかなうとは限らないが、少なくとも、一人で抱えているだけより、確率は高くなる」

酒瓶を置き、グラスを取りあげて、志藤は演説を始める。

「口に出すことで状況が変わることもある。俺の場合は残念な結果に終わったわけだが、すっきりしたし、それに、俺の言葉がおまえの中に残って、いつか、気が変わるかもしれないしな。メリットしかないんだから、どんどん言ったほうがいい」

酒と、告白からの玉砕で、ハイになっているのかもしれない。いつも以上に饒舌《じょうぜつ》に持論を展開する志藤を前にして、塩澤の反応はいまいちだ。

「メリットしか、ってことはねえだろ」

「口に出すだけならデメリットはないだろう？」

「ないかあ？」

そうかな、と自問するようにこぼし、一度グラスの酒に視線を落としてから、塩澤は志藤を見る。

「相手がドン引きするような願いごとでも？」

どこか探るような目だ。珍しい。

「世間はどうか知らんが、俺にくらいは言ってもいいだろう」

「へえ。俺が何言っても、親友でいてくれんの？」

冗談めかした口調だが、自分たちが親友同士であることを前提に、これからもそうありたい、それを失いたくないと願っているニュアンスも感じられる。意外だった。

塩澤から、こんな風に、試すような、頼るような、甘えるようなことを言われるのは初めてではないだろうか。

そのことに感動すら覚え、あたりまえだ、と即答した。

「信じてくれていい。おまえにどんな隠れた野望や欲望があろうと、俺は態度を変えたりしない」

さあ言ってみろ、どんと来い。そんな気持ちで断言し、胸を張った。

「そうか。それなら安心だ」

そう言って塩澤は、皮肉っぽく唇を歪ませる。

む、と志藤は眉根を寄せた。

「信じていないな？　俺は本当に……」

「いや、悪い。……信じるよ。信じる」

塩澤はすぐに謝罪して、首を左右に振る。セットしていない右側の、サイドの髪が顔にかかって、表情を隠した。

塩澤が何か言おうとしているのに気づいて、志藤は口をつぐむ。

顔を半分隠したまま、塩澤は、変わらないでくれよ、と言った。

「おまえは何も、変わらなくていい。変わらないでいてくれるなら十分で、ほかに何の期待もしてないから、聞くだけ聞いてくれ。後悔するなよ」

そこまで言って、グラスの中の酒を呷る。

それから、空になったグラスを両手で持ち、膝の上に置いて、視線を志藤に固定した。

「おまえとセックスしたい」

どちらも逃げ場がないように、まっすぐ目を見て言った。

「おまえが好きだ」


青天の霹靂《へきれき》だった。

何を言われたのかは、理解できた。理解できたが、それゆえに、志藤は反応できない。

ただ呆然と、目の前の塩澤を見た。

ご丁寧に、その前に添えられた一言で、「好き」が友情の意味ではないことは明らかだ。誤解のしようもない。

何も言わないわけにはいかず、しかし、何を言ったらいいのかわからず、何を言うか決めないままに開いた口からは、ただ正直な感想がこぼれる。

「考えたことも、なかった」

「だろうな」

ふは、と塩澤が笑う。

それで空気が緩んだ。

「そんな顔すんなよ。言っただろ、何も期待してないって」

ぽんと腕を叩かれた。軽く、気やすい調子で、いつも通りの距離感だ。

「返事がほしいわけじゃない。一生言わないつもりだったけど、何も変わらないっておまえが言うから——言っても言わなくても同じなら、言ってもいいかって思っただけだ。俺の中の区切りになるかなって……まあ、供養みたいなもんだな。ちゃんとあきらめる、っていうか、もうあきらめてる」

本心か演技かはわからないが、晴れ晴れとした表情で言い、塩澤は視線を手に持ったグラスへ向ける。

「スケートをやめたのは、おまえのこととは関係ない。でも、やめたら、おまえとも会う機会が減ると思って……そのときは、やめたのをきっかけに、区切りをつけようと思ってた。自分の中での、気持ちの整理っていうか」

実際は俺がやめた後も、おまえ、普通に会ったり、メールくれたりしてたけど、やめる前は、疎遠になってくもんだと思ってたからさ。そう言って苦笑した。その表情はどこか嬉しそうで、志藤はなんだか切ないような気持ちになる。

塩澤が誰かのことをこんな表情で、こんな風に話すのが不思議だった。他人事のように、そいつは幸せだなと思ったが、自分のことなのだ。

目の前の、この男が、自分を好きだということが、まだ理解できていない。

頭では理解したつもりでも、実感がない。

スケーターとしての彼をあきらめきれず、追いかけているのはこちらのほうだと思っていた。

自分より絵梨世のほうが好きなのかと、拗ねていたのが馬鹿みたいだ。

無意識のうちに、ずっと彼を傷つけてきたのではないかと、ようやく気がついた。

「忘れようとしたとかじゃねえけど、なんていうのかな。ちょっと距離とって、枯れるのを待ってたっていうか……いや、会わなくなれば気持ちが消えるとまでは思ってなかったけど、薄まるっていうか、温度が変わる……？　っていうか。生々しくないくらいになるのを期待してたんだよな。実際には、全然距離とれてねえけど」

考え考え、言葉を選びながら、塩澤は説明する。

「離れて時間が経てば、『昔すげえ好きだった相手』になるはずだと思ったんだ。幸せを見守れるくらいの距離感がよかった。ほしくてたまらない、って状態じゃ、近くにい続けるのが辛いかなって」

「……今も辛いか？」

志藤の質問に、そうでもない、と笑って答えた。

「楽しいほうが大きいよ。だから、今さら距離をとろうとか考えんなよ。俺に引いてないなら」

「引いてない」

志藤が言うと、塩澤は、うん、と頷く。嬉しそうだった。

「おまえのことはずっと好きだろうけど、今の熱量が続くわけじゃねえからさ。いつかおまえが現役を引退して、お互い連絡もあんまりとらなくなって、そうしたらなんつうか、思い出になるんじゃないかって思ってる。初恋の相手みたいな？　別に初恋じゃねえけど」

酒瓶をとって、自分のグラスに注いで、酒瓶をテーブルに戻す。塩澤の、話しながらのその一連の動作を、志藤は目で追う。

「そしたら、最終的には本当に、普通の友達になるからさ。昔こいつ自分のこと好きだったんだよな、って思い出すこともあるかもしれねえけど、そこは忘れてもらって」

これまで通りにつきあってくれ、と言って言葉を区切り、塩澤はグラスを傾けた。

塩澤の話はそこで終わった——少なくとも本人は、終わりにするつもりのようだ。

志藤は、少しの間、黙って酒を飲む塩澤を眺めた。

なんだか、嬉しいこととさびしいことを同時に言われた気がする。

塩澤は今、志藤に恋をしている。志藤が同じ感情を持っていないことを理解していて、それでも友人としてつきあっていて、これからもそれを続けるつもりでいる。いつか、自分が、志藤を特別好きではなくなるのを待ちながら——すべてが彼の中で完結している。本人の言ったとおり、彼は志藤に、何一つ期待していなかった。

迷惑はかけないから、しばらくの間、好きでいることに目をつぶってくれと、そう言っているだけだ。

塩澤に好かれることが迷惑になるはずがない。

せめてそのことだけは伝えなければと思うが、それを伝えたいのも自分のためかもしれないと思うと、どう言えばいいのか、迷いが生じた。

塩澤は慰めを求めていない。薄っぺらい言葉をかけたところで、自己満足に終わってしまいそうだった。

彼に対して誠実であろうとするなら、まず、真剣に考えることだ。

「……驚いた。驚いてる」

考えがまとまる前に口を開く。

志藤の中で結論が出ていなくても、会話を続ける必要があった。

志藤が黙ったままでいたら、塩澤は話題を変えて、何事もなかったかのようにふるまうだろう。もうすでにその気配がある。

今しなければ、きっともう二度とこの話はできない。何か大事な機会を失うことになる、という確信があった。

「俺は、おまえの好みじゃないと思っていたから」

できるだけ自然に、何でもないことのように話すことを意識する。

「それは本当。好みじゃないはずの相手に惚れることってあるだろ」

塩澤はグラスを傾けながらこちらを見て応じた。

話題が話題だったが、いつも通りの、友人同士の距離感で話せていることに安堵する。それは双方の努力の結果にすぎず、何も変わっていないと結論づけるには早いとしても、少なくとも互いがそう在りたいと思っていることは確かだった。

「そういえば、あれは傷ついたぞ。俺とはキスしないと言っただろう。クラブで」

「あれは……」

「わかっている。薬物を飲まされた後だったから、俺を気遣ってくれたことは」

絵梨世に指摘されるまで気づかなかったことは伏せる。

「それならそうと言えばいいのに、あんな言い方をするから、俺は実は結構ショックを受けたんだ」

正直に打ち明けた。塩澤からの告白に比べればどうということはない内容だが、素直な気持ちを共有することで少しでも歩み寄れるならと思った。

「あのな、そんなこと言ったら、キスはしたいって言ってるようなもんだろ」

塩澤はそう言うが、あのときの自分は、理由を説明されても、塩澤が自分とキスをしたいと思っている、という風には受け取らなかっただろう。アスリートとして気遣われたのだと知って喜んで、それで終わりだ。

塩澤が自分を恋愛の意味で好いているなんて、考えてもみなかった。前提が変わると、彼の行動の一つ一つが違う意味を持ち始める。

思い返し、胸に、愛しさに似た感情が湧いた。

「ていうかさ、この話、続ける？　恥ずかしいんだけど」

塩澤は意味もなくグラスを揺らして酒を波立たせ、照れ隠しのように言う。

志藤はそれには答えずに、彼と自分の、互いへ向ける感情の違いについて考えを巡らせた。

改めて考えるまでもなく、塩澤のことは好きだ。人間として、友人として。もちろんスケーターとしても尊敬している。

今現在志藤には特定の恋人はいないので、最も親しい友人ということは、家族を別として、あらゆる人間の中で一番好ましい相手だと言えるかもしれない。

おまえは塩澤を好きすぎると、絵梨世をはじめ、複数の人間に指摘されたことがある。

ライバルに対して向けるにはどうやら行き過ぎた執着心だと、現役時代から自覚もしていた。

わずらわしいと思われたくなくて、物分かりのいいふりをして引退表明を受け容れたし、デザイナーとして順調な塩澤に、戻ってきてくれとも、今日まで口には出せなかった。スケーターとして競っている間は、お互い氷上にいる限り、誰よりも意識しあった、ある意味では一番の理解者であるという自信があったが、塩澤が引退し、自分もシングルからアイスダンスへ転向してからは、それも揺らいでいた。

会って話せば楽しかったし、刺激を受けた。塩澤もいつも楽しそうにしていた。けれど、誘うのはいつも自分からだった。

関係が途切れないように必死になっているのは自分だけだと思っていた。

感覚としては、自分のほうが片想いをしているようなつもりでいたから、塩澤が自分を好きだと聞いても、嫌悪感はなかった。むしろ、必ずしも一方通行ではなかったとわかって安心した。

おそらく相当な決意をして伝えてくれた塩澤には言えない。傷つけずに伝えられる気がしない。彼はきっと、自分と志藤の感情は別物で、同列には語れないと言うだろう。

しかし、志藤は、恋愛感情をともなうかどうかは、それほど大きな違いだろうか、と思っている。

恋愛感情と、友情との線引きはどこでするべきなのか。愛しさも喜びも高揚も、嫉妬も独占欲も、どちらにもある。

一般論としてどうかはさておき、今問題となるのは、自分たちの――特に、塩澤の中での違いだ。

彼はさっき、はっきりと言っていた。

セックスがしたいかどうか。相手に情欲を抱くかどうかだ。

「おまえのことは、常々好ましく思っていた」

志藤は、自分の思考をたどるように話し始める。

唐突に聞こえたかもしれない。

塩澤はぱちぱちと目を瞬かせた。

「そりゃどうも」

「たぶん、総合的に、男女問わず、あらゆる人類の中で一番好きかもしれない」

「……そりゃ、どうも」

塩澤の顔に、不審げな表情が浮かんだ。

この話はどこへ行きつくんだ、と不安に思っているのが見てとれた。

志藤は、彼に、何をどう伝えるべきかを考える。

塩澤に対して誠実でありたい。

志藤にとって最も重要なのは、これまで通りの関係が続くことだ。塩澤に、離れていってほしくない。そのためなら、多少誠実さを犠牲にしても仕方がないとも思っているが、できる限りは正直に胸の内を明かして向き合いたかった。

これまで恋愛の対象として見たことはなかったが、と前置きをして続ける。

「恋人にならなければもう会えないと言うのなら、恋人になってもいい。幸い、今交際している相手はいないから、可能だ」

交際相手がいたとしても別れていたかもしれないが、そこは言わないでおく。志藤にとって、セックスを伴う恋愛の相手より、親友としての塩澤のほうが大事だという事実を、彼が喜ぶとは思えなかった。

志藤の申し出に、塩澤はあたふたして、酒をこぼしそうになり、グラスを置いた。

「いや、言わねえって。恋人じゃなくても、会えなくならない。言っただろ、これまで通りだって」

「だとしても、おまえがしたいと思うことで、俺にできることはかなえたいと思う。嫌なことは嫌だと言うが、そうでない限りは」

塩澤は絶句した。

「……それは」

志藤を見つめたまま、少しの沈黙の後、おそるおそるというように口を開く。

「結構、っていうか……かなり……大分、俺のことを好きなんじゃねえ？」

「そういうことになるな」

志藤にとっては、そこまでは確認するまでもないことだったのだが、塩澤は困惑した表情だ。伝わっていなかったのが意外だった。あまりしつこく誘いすぎるとうっとうしがられるからと、自重していたくらいだったのに、言葉にしなければ伝わらないものらしい。

「おまえが俺を好きだと言ってくれる気持ちと比べても、気持ちの強さでは負けない気がするんだが……」

問題は、感情の種類が一致していないということだ。

志藤はグラスを置いて両腕を組んだ。

「違いがあるとしたら、情欲の有無だけだ」

「じょうよく……。まあ、そうだな」

けど、その違いってでかいだろ、と塩澤は苦笑する。眉尻が下がり、仕方がない、というような表情になっている。

そうだろうか。

志藤は腕組みをしたまま、さらに考える。

「しても、しなくても、俺たちの関係は、思っているほどには変わらないんじゃないか。セックスをしない恋人同士だっているし、恋人じゃなくたってセックスをする関係もある」

「まあな。だからこれまで通りでいてくれれば俺は十分だって話で……何、セックスはしないけど、恋人になってくれるって意味か？　別に、手をつないで歩きたいとか思ってねえけど俺」

途中から茶化すような口調になったのは、深刻な話にしたくないからだろう。この話題が、自分の望む場所に着地することはないと最初からあきらめて、予防線を張っている。

「現実的な落としどころとして、そういう選択肢もあるが」

志藤は言葉を切り、自分にできる範囲はどこまでだろう、と考えた。

このまま友人としての関係を続けるつもりでいたくらいだ、塩澤としては、志藤と、セックスなしの恋人になることもやぶさかではないだろう。具体的に現在の関係性とどれほどの違いがあるかわからないが、そうなれば、少なくとも、互いの意識は変わる。ただの親友という関係性よりは、多少なりとも、塩澤の望むものに近づくはずだ。

しかし、それは「少なくとも」、「最低でも」、だ。

塩澤は、志藤とセックスしたいと言った。彼の望みははっきりしている。

試行錯誤の結果、最終的にはセックスなしの恋人になる、というところに落ち着くにしても、いきなり妥協して、「少なくとも」の案から入ることはないだろう。

「それまで情欲を抱く対象でなかった相手でも、状況次第でセックスをすることはあるだろう。やってみればできるかもしれない」

恋愛感情を抱いていない相手に誘われてセックスしたことならある。好きでも何でもなくても可能だということは経験上わかっている。その過去のセックスの相手たちよりずっと、塩澤のほうが好ましい。

何より志藤は、塩澤の抱く絶望的な恋情に、少なくとも本人が絶望的であると信じているその感情に、どうにかして報いたかった。

「試してみるか」

「まじかおまえ」

志藤の言葉に、塩澤は目をむいた。

「ちょっと待て。冷静になれ。おまえは酔ってる。一見論理的に滔々《とうとう》と話してるけど、その発想になる時点でやっぱり酔ってるんだって。いったん落ち着け」

「今は、落ち着かないほうがいい気がするんだが」

彼にとっては、意中の相手であるところの志藤が、一番の望みに歩み寄ろうというのだ。少しくらい嬉しそうにしてくれてもいいのに、塩澤は到底喜んでいるようには見えない。考えなおせ、と言わんばかりの反応をされるのは心外だった。

酔ってはいるが、自分が何を言っているかは理解している。

恋愛感情ではなくても、自分にできることならしてやりたい、と思う程度には塩澤を好きだ。塩澤に対して、自分からセックスをしたいと思ったことはないし、今も思っていない。しかし、不可能かというと、試してみなければわからない気がした。

あくまで、彼が望むことなら試してみてもいい、というだけで、積極的な気持ちはないが、彼がそれでもいいなら、差し当たって障害は見当たらない。

だめならだめで、そのときはそのときだ。

「もちろん無理にとは言わない。嫌なら言ってくれ。東日本選手権のときは、意思を確認しなくて悪かった」

志藤が本気だということがわかったのだろう。

塩澤はぽかんと口を開けて志藤を見ている。

数秒の沈黙の後、もう一度、まじか、と呟いた。

初めて、たった一人で氷の上に滑り出たときの、震えるような緊張を覚えている。眩《まばゆ》いライトと整備された白い氷、うっすらと足元から立ち上がってくる冷気すら、何か神聖なものに感じた。

天国はこういう場所だと思った。

明るくて、冷たくて、美しかった。

世界は静まりかえり、自分が動き出すのを待っていた。

目の眩《くら》むような白の中、一人きり、頼れるものは何もなかった。そこにあるのは、氷と、音楽と、自分だけだった。

ただ美しい世界だった。

光に満ちていた。

今思えば、当時の自分の演技は相当に拙《つたな》いものだったはずだから、思い出が美しいばかりだったとは思えない。初めての記憶は、その後何度も氷上に立ったときの記憶が塗り重ねられ、現実とは随分違ってしまっているのだろう。

それでも、まだほんの子どもだった自分は、はっきりと理解していた。あの場所の尊さを。たった一人でそこに立つことの名誉、その耐えがたいほどの幸福を。

それは、四分間の、世界で一番美しく過酷な競技に耐えられる者だけの、氷に愛された者だけの特権だった。滑れる、跳べる脚を、身体を、才能を持って生まれたことを誇りに思った。

演技を終え、光と喝采を全身に浴びて立つ瞬間の恍惚。体の奥から歓喜が湧きあがり、自然と唇が笑みの形になる。

自分はここに立つために生まれたのだと思った。

そしてずっと、この場所で生き続けるのだと思っていた。

Ⅲ　跳躍

本気の恋というものを、おそらく塩澤は、このひとつしか知らない。

競技の高揚の中で互いの存在を強く意識した、その結果の、勘違い、思い込みのようなものだと、最初は思った。やがて、ごまかしようもなく、自分が志藤に惚れていることを理解した。観念するしかなかった。

少しも悩まなかったわけではない。しかし、折り合いをつけてからのほうがずっと長い。

一生伝える気のない片想いは、不毛だが、悪いことばかりではなかった。リスクを負わず、切なさやもどかしさも込みで、それなりに楽しんだと、塩澤にも自覚はある。

会わない時期があっても、別の相手とセックスをしたり、つきあったりしても、志藤への気持ちは変わらなかった。

志藤に恋をしていることは、塩澤の人生の一部となっていた。次第に、そうであることが当たり前になっていた。

自分しか知らない気持ちなど、世間から見れば存在しないのと同じだ。

誰にも気づかれないまま、自分はこの気持ちを抱き続け、生きて、死ぬだろう。その間に、志藤や自分に恋人ができたり、結婚したり、仕事を変えたり、生き方を変えたり、いろいろと変化があるだろうし、この気持ちも、弱まったり薄まったり、形を変えたりするかもしれない。しかし、消えることはないだろう。

そうやって、時間をかけて飼い慣らしていくものだと思っていた。

志藤には、何も求めない。

彼が自分に同じ気持ちを向けることはなくても、同じ場所にいて、競い合った数年間、間違いなく、互いが特別だった。その事実が、一生自分を支えてくれる。

今以上を望まなければ、失うこともないのだ。

事実、塩澤は、このどうしようもない感情を、かなりうまく飼い慣らしていた。

志藤が、願いごとは口に出せなどと言い出すまでは。

塩澤は、お互い酔っていたからなと、混乱した頭の、冷静な部分でぼんやりと考える。

酔った志藤の提案に乗ったのは、自分も酔っていたからだ。しかし心のどこかに、言いたいと思う気持ちはあったのだろう。

志藤が悪い。彼が、こちらの気も知らないで無遠慮に、いっそ無邪気な顔で、両手で引っ摑んでぐらぐらと揺さぶってくるから、まんまと心が揺れてしまった。

自分がバイセクシャルだということを、志藤が知っていたのは意外だった。とはいえ、ひた隠しにしていたわけでもない。どこかから知ったとしても、それ自体は驚くほどのことではない。

一瞬ひやりとして、それから、志藤の態度が変わらないことにほっとした。

嬉しかったが、その時点ではまだ、伝えるつもりはなかった。塩澤の感情――欲を含んだ恋愛感情が、自分自身へ向けられていると知っても彼が変わらないかどうかは、また別の話だ。

しかし、

「困らせるだけだとわかっていたから言わなかったが、気が変わった」

戻ってこないか。

志藤に、目を見てそう告げられたとき、はっきりと心が動いた。

志藤はそれを、彼の、隠していた望みだと言った。

ずっとそう思っていて、言えずにいた、それを今、初めて口に出したのだと。

自分だけ、塩澤の性的指向という「秘密」を知っているのはフェアではないと思ったのか。志藤の考えそうなことだ。

スケートの世界に戻ってこい。おまえと滑りたい。そんな風に、飾り気のない言葉で告げる表情が、あまりに真剣で見惚れる。

何より、それが彼の願望であるということだけで、その言葉はおそろしく甘美に響いた。

おまえがいなければ、自分の幸せは完璧ではないとすら言われ、これはもしや、自分の都合のいい夢か妄想なのではないかと半ば本気で疑ったほどだ。

引退については、自分が、そうありたいと願う自分であるために決めたことだ。惚れた男に懇願されたとしても、首を縦に振るわけにはいかなかった。しかしこの時点で、塩澤の精神的なガードはかなり下がって、不安定になっていた。

何年もかけて築きあげたはずの硬い壁が、志藤には想いを伝えないという決意が、少し突けば崩れそうなほどに、頼りなく揺らぐ。

塩澤はいつのまにか、志藤が自分にそうしてくれたように、壁など取り払って、本心を打ち明けたい、心を明け渡したいと思い始めていた。

「おまえは意外と男の趣味が悪いと思った。どう考えても俺のほうがいい男なのに、見る目がないと」

拗ねたような表情で志藤に言われたのには思わず笑ってしまった。

残酷な男だ、と思う。しかし、悪い気はしなかった。

つまり、ミラーに嫉妬をしたということだ。

友人関係においても、嫉妬という感情は存在する。だから、こんなことで浅はかな期待をしたりはしない。しかし、それはそれとして――志藤が自分に恋愛感情を抱いていないという事実は重々承知のうえで――志藤は、嫉妬する程度に、自分への執着があるということだった。

恋愛とはベクトルが違っても、間違いなく自分個人に好意を持ってくれてはいるのだと思って、嬉しかった。

勝算があると思ったわけではない。ただ、失いたくないから伝えずにいた想いを、今なら、伝えられるのではないか。伝えても、失わずに済むのではないかと、希望を抱いた。

友人として自分を好きでいてくれている志藤の気持ちを信じる気になった。

彼は、自分がどんな望みを抱いていようと友達でいてくれるという。それなら、どうせ変わらないなら、一度くらい伝えてもいいんじゃないかと――言ってみれば魔が差したのだ。

パーティーの夜でなければ、二人で踊った後でなければ、酒が入っていなければ、志藤があんなことを言わなければ、こんなに浮かれていなければ。何年も隠していた想いを、告げようなんて気にはならなかった。

きっと、すべてのタイミングが合ってしまったのだ。

自分でも、何故かはよくわからないうちに、志藤に好きだと告げていた。

万が一にも友達として、という誤解を与えないよう、はっきりと、セックスがしたい好きだと言った。

言ったときは、すっきりした。絶望的な恋の、けじめをつけることができると思った。

まさかこんなことになるとは、思っていなかった。

分不相応な期待など、本当に、少しも抱いていなかったのに――告白を受けてしばらくの間考え込み、挙句、大真面目に「試してみるか」などと言い出した志藤を、塩澤は、呆然と見つめる。嬉しいというより信じられない気持ちが大きい。この男は、自分が何を言っているか、理解しているのか。

塩澤は途方に暮れていた。

「無理にとは言わない。嫌なら言ってくれ」

嫌なわけがない。

それはむしろ、こちらのセリフだ。

おまえにされて嫌なことなんて一つもねえよとは、さすがに口には出せない。

「結構飲んでいるからな、使い物になるかどうかはわからんが」

そんなことまで心配してくれなくていい。

「まじか……」

現実に、起きるのか。こんなことが。

呆然と呟いた塩澤に、志藤はまるで試合前の後輩を励ますような調子で声をかけてくる。

「まあ、ものは試しだ」

軽くねえか。

いいのかそれで。俺はいいけど。すごくいいけど。

酔っているのが嘘のように目まぐるしく頭は動いて、次から次へと言葉が浮かぶ。声には出さなかったから、志藤からは、塩澤はただ戸惑っているように見えるだろう。

志藤と、いつまでも親友でいるために、こんな展開は避けてきたはずだった。

しかし、そもそも志藤のほうから「試してみよう」などと言われることが想定外なのだ。負けが決まっているはずの打席に立って、思い出作りのためにバットを振ったら、何故か逆転ホームラン、というような状況だ。

どう考えても、こんなチャンスは一生に一度しかない。

失敗してもそれはそれ、酒のせいということにしてしまえば、自分にダメージはない。成功すれば万々歳だ。志藤にも、酒のせいだったという逃げ道が残る。失敗するにしろ成功するにしろ。

それこそ、どう転んでもデメリットはない。少なくとも自分にとっては。

掛け値なしの本音を言えば、今すぐ神に感謝して、志藤とベッドに飛び込みたい。自分がそうしないことに驚いていた。

そうは言っても今後気まずくなる可能性もゼロではないとか、志藤は現実をわかっていない、自分がここで止めるべきなのではないかとか、考えて踏みとどまるだけの理性がかろうじて残っていることを、自分で誉めたい。

いや、もしかしたら、降ってわいた幸運に飛びつけないのは、ただ単に、臆病になっているだけかもしれなかった。

「本当にわかってんのか。そもそも、おまえ、できんの？　男相手に、っていうか俺だぞ」

塩澤が親切に諭《さと》してやると、

「同性相手に経験はないが……俺の考え、というか感覚では」

志藤は真剣な表情で考える素振りを見せた後、大真面目に言った。

「キスできる相手とは、セックスもできる」

「いや待てそれには異論がある」

そこは、もともとの性的指向によるのではないか。塩澤は、比較的早い時期にバイセクシャルであることを自覚したので、当てはまっているが。

そんな結論でいいのか。

本人がいいと言うならいいのだろうが、ほかならぬ自分が、これ幸いと乗っかっていいのか。相手が酒と友情に酔っているのをいいことに、善意につけこむようなものではないのか。

志藤は、塩澤が頭を抱えているのを見守って——というより、興味深そうに観察していたが、やがて、

「俺とはできないか？」

と端的に訊いた。

端的だが、塩澤にしてみれば的外れな質問だ。

そんなわけがないだろうと思わずそちらを見てしまい、至近距離で目が合った。

目が合って気づいた。志藤も、わかっていて訊いている。

嫌なら言えと言っておいて、塩澤が嫌だと思っているとは、微塵《みじん》も考えていない様子だった。

「でき、ない……」

わけがない。

「したくない？」

「すげえしたい」

っていうか、おまえとできるなら死んでもいい。

そのつもりはなかったのに、口に出ていたらしい。志藤は満足げに笑った。

その顔がものすごくかっこよくて色っぽくてたまらなくて、もうすべてがどうでもよくなった。

こいつの将来とか知るか。自分でどうにかしろ、大人なんだから。

一瞬で心は決まった。

そこからは早かった。

いろいろ準備が必要であることを志藤に伝え、自分のほうが時間がかかるだろうからと、先にシャワーを浴びさせた。

その間に、自分の持ち物を確認する。

最近は忙しかったのもあり油断していたが、最低限の用意はある。志藤がどこまでするつもりかはわからないが、まあ、やってやれないことはないだろう。

濡れた髪のまま出てきた志藤と入れ替わりにバスルームを借りる。

遠慮なくシャンプーを使ってスタイリング剤を落とし、トリートメントをした。志藤のバスルームでシャンプーを借りる日が来ようとは、と感慨に耽《ふけ》りつつ、手は休めない。体の隅々まで洗い、軽く髪を乾かし、準備をととのえてバスルームを出た。

かなり酒が入っているから、出てきたら志藤は寝ているかもしれないと覚悟もしていたのだが、志藤は起きていた。

飲み終えた酒瓶や缶を軽く洗い、分別し、つまみの皿やグラスも洗って拭き、棚にしまうところまで済ませて、テーブルを拭いていた。

「だらだらしてたら寝てしまいそうだから」という理由で、体を動かしていたらしい。おかげで、室内はすっかり片付いていて、先ほどまでの宴会の痕跡は消えていた。

志藤はキッチンで手を洗うと、まくっていたシャツの袖を下ろした。

　手首から腕の筋肉と、薄く浮き出た血管が色っぽい。すぐに隠されてしまったのが惜しい。

　志藤を性的な目で見てしまうのは今に始まったことではないが、これから実際にこの腕に触れるのかと思うと、とたんに心臓の鼓動が速まり始めた。

　だめだ、想像するな。落ち着け。どうせ、やっぱりやめた、とか、試してみたけど無理だ、となるのがおちだ。そうなって当然だと、心構えをしておかなければならない。

　あらゆる感情の動きを表情に出さないように抑え込む。

　塩澤の内心の動揺を知ってか知らずか、当の志藤は緊張した様子もない。

　準備はもういいのか、と確認すると、冷蔵庫からミネラルウォーターのボトルを出し、塩澤に一本を手渡した。

「寝室はこっちだ」

　まったくいつも通りの彼だ。


　寝室に入ってすぐ、志藤は、はたというように動きを止め、塩澤を振り向いた。

　やっぱりやめると言うのかと思いきや、

「勝手に、女性相手にするのと同じようにすればいいと思っていたが、同性同士の場合、抱く側と抱かれる側というのがあるんじゃないか。どちらがいいとか、どちらかしかできないとか」

　重大な問題に思い至った、というように言う。

　今そこに気がついたのか。そして、そこまでやるつもりなのか。

　呆れるような微笑ましいような気持ちになり、塩澤は苦笑する。「おまえの好きにしろよ」と言った。

「俺は、おまえとできるならどっちでもいい」

そう言われて、志藤はなんともいえない表情をした。

目を見開き、ゆっくり唇を引き結び、数秒黙った後、「わかった」と言った。

それからベッドへ移動した。

結論から言うと、意外にも、試みはうまくいった。

思ったほど手こずらなかったし、気まずくもならなかった。

もういつ死んでもいい、と思った。

今この瞬間に隕石か何かが落ちてきて、世界が終わってもいい。むしろ、人生の絶頂で死ねるなら本望だ。

志藤とのセックスは、最高に気持ちよかった。

自分が志藤に惚れているからなのか、単純に体の相性がよかったのかはわからない。後者だといい。そうだったら志藤も、それなりに楽しめたはずだ。自分だけがいい思いをさせてもらうのは申し訳ない。

一時間ちょっと眠って、夜明け前に目が覚めた。

パーティーに出て、踊って、飲んで、店を変えてまた飲んで、その後セックスしたのだから、体は疲れきっているはずなのに、興奮状態を引きずっているのか、一度目が覚めたらもう眠くならなかった。志藤はぐっすり眠っているようで、ほっとする。

志藤が起きたら、自分はどんな顔をすればいいんだ、とベッドの上でしばし悩み、最終的に、いつも通りでいいか、という結論に達した。志藤の反応次第だが、おそらく、今回のことで急に態度が変わるということはないだろう。今後のことは今後のことだ。

一度きりだとしてもかまわない。一生抱いていける思い出が増えただけだ。

しばし、幸せを噛みしめた後、シャワーを借りようとベッドを下りた。志藤が目を覚ます気配はない。

披露宴でのダンスも影響しているだろうが、あちこちの関節や筋肉がじんわりと痛かった。下着の替えがないのは仕方がないにしても、今の気怠《けだる》い体にあのデコラティヴなスーツを着込む気分にはなれない。何か服を借りるか、しかし、無断というわけにはいかない。バスルームにあったバスローブでも着ておくか。

塩澤の荷物は、リビングに置いたままだった。

シャワーを浴びる前にソファのそばへ行き、置きっぱなしだった自分のスマホを見ると、何通かメールが届いていた。返事を急ぐようなものはなさそうだ。

画面の右上の表示を見ると、残りの電池は三分の一程度になっている。シャワーを浴びている間に充電しようと思い、充電器を持ってきていないことに気がついた。

そのへんのコンセントに充電コードが差しっぱなしになっていないものかと見回したが、見当たらない。当然だ。志藤はセックスの前に酒瓶とグラスを片付けるような男だ。充電コードもきちんと巻いて使うたびに収納しているに決まっている。

志藤のスマホ自体は、チェストボードの上に置いてあった。軽く触れると、画面が明るくなり、日付と時刻と、メッセージアプリの新着通知――内容は見なかったが、差出人に『Rikako』とあったので、三池梨香子からの、昨日の礼だろう――が表示される。右上の電池のマークはほぼフル充電状態を示していた。ということは、充電を終えて、コードもこの近くにしまったのではないかと当たりをつける。

家主が眠っている間に家探しのような真似をするのは気がとがめたが、チェストボードの引き出しを開けてみた。左側の引き出しには、仕切りのついたトレイに入った、糊やハサミといった文具類がしまわれていた。その隣に、白い紙の薬袋。塩澤もよく知っている、鎮痛剤の名前が書いてある。けがをしたときに処方された余りだろう。引き出しの中もきちんと整頓されていて、コードがないのは一目でわかった。

左の引き出しを閉めて、今度は右側の引き出しを開けた。そちらには、左側より、もう少し重要そうなものが入っている。自宅の鍵と、車の鍵だろうか。それから、時計。志藤がよくつけているものだ。その隣に、ちぎれた細い鎖があった。

金のチェーンブレスレットだ。このデザインを、志藤は身につけないだろう。この部屋に来た女性の忘れものだろうか、と最初は思った。

手にとってみて、気づく。鎖自体に繊細なデザインがほどこされている。特徴的な金具にも見覚えがある。

塩澤が、一時期気に入ってつけていたものによく似ている。

似ている——のではなく、そのものだ。デザイナーに会って、鎖と金具を自分で選んで作ってもらった。手にとってみて確信する。

しかし、このブレスレットは、ずいぶん前になくしたはずだ。確か、引退したばかりのころ、どこかで落としたのだ。

思い出せないまま、引き出しに視線を戻す。ブレスレットがあった場所の奥に、何か、リボンのようなものが見えた。青と白と赤の三色に塗り分けられたリボンをたぐってみると、指先に固いものが触れる。手にとって、それがフィギュアスケートの、グランプリシリーズの金メダルだとわかった。十一年前のフランス大会の。

それが誰に授与されたものか、気づいたとたん、血の気が引いた。

何故これが、ここに、志藤の部屋の引き出しの中にあるのか。

混乱する塩澤の視界に、志藤のスマホが目に入る。新着メッセージがあることを示すランプが点灯している。ついさっき、一瞬見えた、梨香子からのメッセージの内容が気になった。

暗くなった画面に再び触れる。塩澤は使っていないアプリの、メッセージ通知が表示される。

『明日、警察に行ってきます。今日のダンスを見て、あの日、あなたと会うとアレックスが言っていたのを思い出しま……』『ほか2件の新着メッセージ』。

通知では、最新メッセージの一部だけが表示され、続きを読むことはできない。震える手でタップすると、パスワードの入力を求められた。

ふいに、披露宴会場で、梨香子が招待客と交わしていた会話を思い出す。

「ようやく決着がつきそうなの」――彼女はそう言っていた。会話を漏れ聞いたときは、事件性がないことが確認でき、捜査終了となるのだろうとしか思わなかったが、捜査が進展したと、決定的な何かがわかったと、そういう意味だったのだとしたら。

メッセージは、数時間前に届いていたようだ。このメッセージの明日、というのはつまり、今日だ。

十一年前の金メダル、ブレスレット、不穏な噂、それらすべてが、最悪の形でつながる。

まだ混乱はしていたが、時間がない、ということだけはわかった。

シャワーも浴びず、昨日と同じ下着とスーツを身に着け、髪のセットもしないまま志藤の家を出た。

空はまだ暗い。通りに出て、少し歩いたところでタクシーをつかまえた。メーターには、割増料金の表示が出ている。十五分もすれば始発電車が動き出す時間だ。公共交通機関を使うべきだったかと、乗った後で気がついた。いや、志藤のマンションの前から乗ったわけではないから、問題はないはずだ。

頭はオーバーロード気味に回転している。

車中では色々なことを考えたはずなのに、自宅に着いたとき頭にあったのは、とにかく、自分の体から志藤の痕跡を消さなければならないということだけだった。

まず、シャワーだ。それから、洗濯。

気持ちばかりが急《せ》いて、スムーズに動けない。

部屋の鍵を玄関脇のシューズボックスの上に投げ出し、靴を脱いだ。

回収してきたブレスレットとメダルを鍵の横に置きかけて、やめる。

これは証拠だ。重要な。どう扱うか、よく考えなければならない。

他人を入れることのない寝室の、ベッドサイドの引き出しにしまった。

それから服を脱ぎ捨ててシャワーを浴びた。

念入りに髪と体を洗う。爪の間までブラシをかけた。後で風呂場も掃除しなければ。自分の体に志藤の皮膚片や髪の毛が付着していたとしても、風呂場の排水口に流れたものからＤＮＡが検出されるとは思えないが、念のためだ。

体中をこすりながら思い立って、湯舟に湯を張った。落ち着く必要がある。

シャワーの水が湯になる前に浴びてしまったので、体が冷えていた。

まだ半分までしか溜まっていない湯に足を浸し、湯舟の中で座った。

目を閉じる。少しずつ気持ちが落ち着いてくる。

思い出した。あの金のチェーンのブレスレットは、ミラーと最後に寝たときになくしたのだ。引退直後、志藤とは距離を置くつもりで――結果的にそうはならなかったが――いたとき、足を運んだバーでミラーに会い、そのまま彼のマンションへ行った。

リビングで酒を飲み、ソファだったかラグマットの上だったか、とにかくその場で事に及んだことは覚えている。

ブレスレットがなくなっているのに気づいたのは自宅に帰ってからだった。外した記憶はないから落としたのだろうと思ったが、取りに戻るのも、ミラーに持ってきてくれと連絡をするのも面倒だった。

ミラーとはもう会わないつもりだった。そもそもスケート関係者とは距離をとろうと思っていた。

連絡をとること自体を避けたかったから、ブレスレットはあきらめた。

もうすっかり忘れていたのだ。

それが何故、志藤の家の引き出しの中にあるのか。

ミラーが家から持ち出して志藤に渡したか、捨てるなり落とすなりしたものを偶然志藤が拾ったか、志藤がミラーの家で見つけて持ち帰ったか。ミラーが持ち出す理由はないし、それをたまたま志藤が拾ったというのはさすがに無理がある。とすると、ミラーが志藤に渡したか、志藤がミラーの家で見つけたか――どちらにしても、何がどうしてそんなことになったのかわからないが、ミラーと志藤の間に何らかのやりとりがあり、ブレスレットは志藤に渡ったということだ。

これが塩澤のものだということを、志藤は知っていただろうか。知っていたはずだ。彼の前で何度かつけていたことがある。

おまえから渡しておけと、ミラーが志藤に預けたのか？　そんな気遣いをするミラーを想像できない。志藤を挑発するためにあえて、ということならあり得るかとも思ったが、塩澤がブレスレットをなくしたのは、ミラーが引退して何年もたった後だ。お互い現役だったころならいざ知らず、ミラーが今さら志藤に嫌がらせをする理由もない。

そして、あのフランス大会のメダルだ。

引退した試合で優勝したときの金メダルは、ミラーにとっては、思い出深い品であるはずだ。それを、何故、志藤が持っているのか。

彼らは折り合いが悪かった。端的に言えば、互いに嫌い合っていた。

必要もないのに、わざわざ会ったりはしないはずだ。まして、最後の試合のメダルなどという、大切なものを渡す理由がない。

志藤とミラーは、スケートのスタイルが少し似ていたのもあって、現役時代は比べられることが少なくなかった。志藤は、同年代のライバルとして、塩澤と並べられることは歓迎していたのに、ミラーを引き合いに出されることは好んでいない様子だった。

互いに実力は認めていただろうから、単に嫌いなんだな、と理解していた。ミラーは他人に対して攻撃的で、すぐに敵を作るタイプの人間だったし、志藤にも才能ゆえの傲慢さがあり――そこもまた魅力ではあったが――どう考えても二人は相容れなかった。

本人たちもそれをわかっていた。大人なので、お互いに、近づかないようにしていた。その甲斐あって、大きなトラブルになったことはない。ミラーが引退してコーチになってからは、さらに顔を合わせる機会も減って、もはや利害関係もなく、憎しみや、まして、殺意のような、強い感情を抱くような関係にはなかったはずだ。

塩澤が思っていた以上に、二人の間には、強い因縁があったのだろうか。

そのために、彼らは塩澤の知らないところで会っていたのだろうか。

パーティーで顔を合わせて、何やら揉めたらしいと、噂で聞いたことくらいはある。本人たちには確認しなかったから、詳しいことはわからない。

志藤が絵梨世と交際しているのではと噂されたこともあったから、ミラーは勘違いして苦々しく思っていたかもしれない。そういえば、「DICE」でもそんな話を聞いた。

噂というなら、もっと不穏なものもある。ミラーが金メダルを獲った十一年前のフランス大会に、志藤は出場できなかった。大会の直前、轢き逃げに遭って、棄権を余儀なくされたのだ。その車がミラーの愛車と同じ色だか車種だかだったということから、ミラーのファンがやったのだとか、ミラーがファンにやらせたのだとか、果ては、ミラー自身の犯行ではないかとまで、インターネット上では噂されていたらしい。

くだらない噂だ、と志藤は一蹴していた。ミラーは大会後に引退し、志藤は復帰して王者に返り咲いた。それ以来、接点はなくなったはずだ。志藤の口から、ミラーの話題が出ることもほとんどなかった。

嫌っている相手には近づかないものだ。しかし、憎んでいる相手には――近づかなければ、殺せない。

そんな馬鹿なと思いたいが、志藤に、ミラーを害する動機が、まったくなかったと言えるだろうか。

志藤が誰かを殺すところなんて想像もつかない。しかし、たとえば揉み合いになった結果の事故でとか、飛び降りるのを止めなかったとか、そういう可能性までは否定できなかった。

少なくとも、ミラーのメダルと塩澤が落としたブレスレットを志藤が持っているということは、志藤はミラーのマンションへ行ったのだ。そしてそのことを隠していた。

志藤がメダルを持ち帰った理由はわからない。男子シングルを辞めることになった遠因ともいえる交通事故を思い出させる、自分が出られなかった大会のメダルに、何か思うところがあったのかとも考えたが、どうも志藤らしくない。そんな感傷的な理由ではなく、もっと直接的な理由――たとえば、あのメダルに、血痕か何か、すぐには拭き取れないような痕跡が残ってしまったということも考えられる。

ブレスレットについては、持ち帰った理由の想像がついた。ミラーの死についての、ネット上の噂では、発見時、ミラーの死体は何かを握っていたらしいということだった。彼を突き落とした犯人が身につけていたアクセサリーを、最後の抵抗で引きちぎったのだという書き込みもあった。その情報が本物なら、ミラーが握っていたというのは、あのブレスレットの一部だったのかもしれない。

あれがミラーの転落現場にあって、困った立場になるとしたら、志藤ではなく塩澤だ。

だから志藤は、ブレスレットを持ち去った。

それ以前に、志藤がミラーと会ったのが、そもそも自分のせいだったら――。

ブレスレットを見つけたとき、酔っているのが嘘のように頭が回転し、その可能性にたどり着いた。

自意識過剰だとは思わない。志藤とミラーのプライベートでの接点なんて、絵梨世か自分くらいしか思い当たらないのだ。

志藤は、ミラーが塩澤と交際している、もしくは、交際していたと思い込んでいて――あの様子からすると、ミラーがあえて誤解させたのだろう――そして、塩澤が不当な扱いを受けていると感じていた。もしかしたらミラーは、志藤が絵梨世と交際していると勘違いしたままだったかもしれない。

お互いに、お互いの友人や娘を傷つける存在であると誤解したまま向き合って、揉め事に発展したのだろうか。

ミラーのことだから無駄に挑発的な言動をして、志藤を煽ったことも考えられる。たとえば、十一年前の事故のことを蒸し返したり――そのときに、あの金メダルを見せたのかもしれない。

その結果、何かが起きてしまったのだとしたら、自分と無関係だとは言えなかった。

考えているうちに、湯が溜まって、肩まで熱い湯に浸かっていた。

目を閉じたまま、湯気を吸い込む。

つい一時間ほど前まで、自分が志藤のベッドにいたなんて、信じられない。本当なら、一日中、浮かれて何も手につかないまま幸せに浸っていたはずだ。それが、その幸運の痕跡を消し去るために必死になっているとは、泣きたいのを通り越して、いっそ笑える。

志藤とセックスできるなら死んでもいいと思った。今も思っている。

間違いなく今夜が、自分の人生で最も幸せな夜だった。

彼からは、それだけで一生生きていけるという思い出をいくつももらった。

その思い出だけで死ぬこともできる。

ゆっくりと息を吐き、目を開いた。

自分がやったことにする。

それしかない、そう思った次の瞬間には、志藤のリビングの引き出しからメダルとブレスレットをつかみだしていた。ついでに、鎮痛剤ももらってきた。あれだけの量を一度に、たとえば酒と一緒に飲めば、苦しまずに死ねるはずだ。袋のほうは置いてきたから、薬の出所が問題になることもない。

ミラーの死が、実際に他殺だったのかどうか、そうだとしても、立証されるかはわからない。けれど、直前に会っていた、その場にいた、何らかの理由で彼の死にかかわった人間がいたとしたら、それは塩澤詩生だと、警察が考えるように仕向ける。

被疑者が死んでしまえば、警察も真相追及はあきらめるだろう。世間もすぐ忘れる。そうすれば、志藤は安全だ。

罪を告白する遺書でもあれば、疑われないはずだ。死体以外は、それほど念入りに調べられることはない。ミラーと関係のあった自分には動機もある。証拠のブレスレットも、現場から持ち出したメダルもある。披露宴翌朝に、余興を披露した出席者が自殺するなんて、絵梨世には申し訳ない気もするが、彼女の花嫁姿を見て、ミラーを殺した罪の意識にかられたということにすれば、自殺にも説得力が出るかもしれない。

ミラーが実際のところどうやって死んだのかはわからないから、はっきり殺したなどとは書かず、その場にいたことをほのめかす程度がいいだろう。事実と矛盾しないような、曖昧な文面がいい。よく考えなければならない。

防水のロールカーテンの隙間から入る光で、夜が明けたことがわかった。

風呂から出ると、志藤からメールが届いていた。何度か着信もあったようだ。どちらも見なかったことにした。

軽く拭いてタオルを被せただけだった髪から、水滴がフローリングの上に落ちた。洗面所へ戻って再度髪の水気をとり、ヘアオイルを毛先に揉みこんでから、ドライヤーの電源を入れる。これから死体になって複数の人の目に触れることを考えると、手は抜けなかった。いつも通り、よりも少し念入りにケアをする。

髪を乾かしながら、この後のことを考えた。

死んだ後、死体が汚くなるのは嫌だし、できるだけ部屋も汚したくない。首吊りや飛び降りは避けたい。やはり、薬がいいだろう。死のうと決めたときからそう思っていたから、志藤の家から鎮痛剤をくすねてきたのだ。自分も現役時代に処方されたことがあり、医師からは、大量に飲めば命にかかわると説明を受けた、強力な薬だ。普通は一度にあんな量を処方しないのだろうが、海外遠征の多いアスリートの場合、多めに出してもらうこともある。志藤の飲み残しだろう薬はかなりの量があったが、念のために、自宅にある睡眠薬と一緒に飲むつもりだった。酒で流し込めば、より確実だ。

遺書を書かなければならない。これが何より重要だ。万が一にも他殺を疑われないためには、はっきりと、これは自殺ですと書いておくのが一番いい。そして、誰かに責任があると思われないよう、文面もよく考えなければならない。

当然、塩澤は遺書など書いたことがないから、時間がかかりそうだった。もう夜は明けてしまった。朝のうちにすべて終わらせることができるだろうか。梨香子のメッセージによれば、彼女は今日警察へ行くことになっているようだから、できればその前にと思っていたが、難しいかもしれない。

それでも、遅すぎるということはないはずだ。転落当日、ミラーが志藤と会っていたことがわかっても、それだけで逮捕されるということはない。志藤宅を捜索したところで、証拠の品は二つとも、塩澤が持ち出した後だ。しかし、警察が志藤宅を訪ねるということ自体、できれば避けたかった。今後のために、少しでも悪いイメージをつけたくない。彼が捜査線上に浮かぶ前に決着をつけてしまうのがベストだ。

髪はまだ少し湿っていたが、ドライヤーを止め、カッティングがきれいで気に入っている白いシャツと、お気に入りのブランドの黒いパンツを身につけた。少し地味だが、死に装束としてはこのあたりが妥当だろう。

薬を入れてある戸棚から睡眠薬を出し、志藤の鎮痛剤と一緒にローテーブルの上に置いた。その横に、寝室の引き出しから出してきたブレスレットと、ミラーのメダルも並べる。よし、意味深だ。やりすぎかとも思ったが、自分の死体が発見されてすぐに、ミラーの転落と結びつけてもらうためには、これくらいしておいたほうがいい。

ペンはあったが、便せんが見つからなかった。デザイン画のための紙はある。しかし、遺書といえばやはり、便せんに手書きだろう。部屋中を引っかき回して、どうにか、いつ買ったのかも思い出せない、シンプルな便せんを発見した。二枚しか残っていないが、それほど長い文章を書くつもりもない。十分足りるはずだ。

テーブルの上でスマホが震えている。志藤からの着信であることは、画面に表示された名前でわかった。

今度も見なかったことにする。

志藤はもう、梨香子からのメッセージを読んだだろう。自分が窮地に立たされていることを、理解しているはずだ。メダルとブレスレットがなくなったことにも気づいているなら、このタイミングで塩澤が姿を消して焦っているかもしれない。通報なんてしないから安心しろ、と一言言ってやりたかったが、今そんな履歴を残すわけにはいかなかった。これからの行動がすべて無駄になる。

塩澤の部屋から、ミラーのメダルと、彼の握っていた鎖の残りが見つかれば、二つの死を関連づけて考える者が出てくるだろう。だとしても、二人とも死んでいるとなれば、何があったのか、それ以上追及されることはないはずだ。

少なくとも志藤が捜査線上に上ることはない。

志藤聖は、ミラーの死にも、塩澤の死にもまっさらに無関係でなければならない。

やがて着信は止まった。

ソファに座り、ペンを回しながら、なんとかそれらしい文章をひねり出す。先立つ不孝をお許しください、と両親に向けて書き、仕事で迷惑をかけることをチームの仲間に詫び……あとは、自殺の理由だ。ミラーのことに直接は触れないとなると、メインの理由を別に考えなければならない。

『才能の限界を感じました』

これだ。これでいこう。曖昧で、どうとでもとれる。スケートのことか、デザインのことか、はっきりしないし、誰のせいでもない感じがいい。

他には何を書けばいいだろう、としばし考える。書き出しはいい感じだったのに、三行ほどで止まってしまった。

はっきりとは書かず、けれど、読む人が読めば、罪を犯したとほのめかしていることがわかるような文章が、思いつかない。

スマホで検索しようと手を伸ばしかけ、「遺書　文例」なんて検索履歴を死後に見られたら大分恰好が悪い、と気づいて思い直した。「後悔」「失敗」「あやまち」「つぐない」――それらしい言葉を思い浮かべては打ち消す。

試しに書き始めてみればなんとかなるのではと甘い考えでペンを動かしてみたが、案の定、そこから続けられなくなった。書き直そうと次のページをめくったところで、便せんが二枚しかなかったことを思い出す。

仕方なく、財布をつかんで立ち上がった。徒歩二分の距離にコンビニがある。シンプルな便せんも売っていたはずだ。

鍵と財布だけを持って玄関のドアを開けたら、エレベーターの扉が開く音が聞こえる。これから死のうというときに、近所の住人と顔を合わせるのはちょっと気まずいな、と思いつつそちらを見ると、下りてきたのは志藤だった。

とっさに部屋の中へ引っ込もうとしたが、間に合わず、まともに目が合う。

志藤は大股にこちらへ歩いてきて、固まったままの塩澤の前に立ち、玄関ドアに手をかけた。逃がさない、というように。

「な、……なんでいんの」

「メールにも電話にも返事をよこさないから、直接来たんだ」

塩澤の質問に、志藤が答えた。その間もずっと、視線は塩澤から離さなかった。

気まずくなって、塩澤のほうが目を逸らす。

今など、そもそもスマホを持って出ていなかった。これから死ぬつもりなのに、必要はないと思っていた。

視線を感じる。これはにらまれている。

志藤が、低い声で言った。

「やり逃げはよくないと思わないか」

「おい、人聞き悪い言い方すんな」

思わず言い返したが、志藤の立場からしてみれば、そういうことになるのか。

追い返すのは無理そうだ。そして、外で話せるような内容ではない。

仕方なく、努めてなんでもない風を装って、部屋の中に招き入れた。

今散らかってるから、と一声かけて、先にリビングに入る。急いでローテーブルの上のメダルとブレスレットと薬をつかみ、自分の体で隠すようにして、書き損じの便せんと一緒にクッションの下に押し込んだ。

間一髪で、志藤には見られずに済んだ。

遅れてリビングへ入ってきた志藤は険しい表情で、眉間にしわが寄っている。

ソファを示され、自分の部屋なのに「そこに座れ」と指示された。言われるまま塩澤が腰を下ろすと、志藤は両腕を組んで塩澤の前に立った。塩澤のほうが背が高いが、今は座っているので、立っている志藤から見下ろされる形になる。慣れないシチュエーションに少し緊張する。

「来るなら来るって言えよ」

気まずいのをごまかすために、志藤を見ないままぼそりと言った。

「行くってメールしただろう」

「あー、見てねえ」

充電の切れかかったスマホを拾い上げて画面に触れ、着信とメールの受信を示すアイコンに、初めて気づいたかのような表情を作ってみせた。

ロックを解除した瞬間、志藤の手が伸びてきて、ひょいとスマホを奪いとる。おまえな、人のスマホを勝手に、と形だけの抗議をした。これから死のうというときに、スマホを見られるくらいどうということもない。

志藤は自分の名前が一番上に表示されているメールの受信トレイを開き、ずいと塩澤に突きつける。

「届いてるだろ！　ほら！　三通も」

言いながら画面に目をやった志藤が、「あれ」と動きを止めた。

塩澤のほうへ向けていたスマホを回転させて画面を自分のほうへ向け、すっすっと無駄のない動きでスクロールさせる。ぴたりとその指が止まった。

「俺の名前のついたフォルダがある」

あ、と思ったがもう遅かった。

志藤は真剣な表情になっている。

「送ったはずのメールが新しいのしか残っていないから、見るたびに消しているのかと思ったんだが……」

志藤からのメールは、フォルダ分けしていた。全部保護して、いつでも見返せるようにしてある。もう何年も前からの習慣だ。

彼に恋愛感情を持っているということは、昨夜自分で伝えてしまったから、今さら隠すことでもないのだろうが、気恥ずかしいことは気恥ずかしい。

志藤がこちらを向くのにシンクロするように、塩澤は明後日《あさって》の方向へ視線を逸らした。

「俺のメールを保護していたのか？」

察したのならそこで終わってくれればいいものを、この男はどこまでも直球だ。

そこは見なかったことにしろよ、と塩澤は苦笑する。

志藤は何故か、塩澤のスマホを手に、真剣な表情のままだ。

「ミラーにスマホを見られたことがあるか？」

「あ？　……そういや、あるな。ちょうどおまえのメール保護するとこを見られて……」

健気なもんだな、と鼻で笑われた。

よりにもよってミラーに、志藤への気持ちを知られたことに、そのときは青ざめた。もう終わりだ、とさえ思った。しかし、それ以上何か言われることはなかった。

志藤に言われて、数年ぶりに思い出す。

「ミラーは、俺がおまえを好きなのに気づいても、言いふらしたりはしなかった。興味がなかっただけかもしれないけど、ありがたかったよ」

友人とは呼べないような関係だった。

互いの都合のいいときにタイミングが合ってセックスをしたことはあるが、それだけで、お互いに対する思い入れはなかった。

ミラーの人間性を好ましく思ったことはない。少しも優しくはなかったし、馬鹿にするようなことを言われたりされたりしたこともある。それでも、スケーターとしては認めていたから、最低限の敬意を払っていた。それはおそらく、お互いにだ。

「……話を戻すぞ」

はからずも、塩澤の自分への想いの片鱗を見ることになってしまい、いたたまれないのだろう。志藤はスマホを塩澤に返し、腕を組んだ。

戻すも何も、話など始まってもいなかったはずだが、この話題を引きずるのが気まずいのは塩澤も同じだ。黙って志藤の次の言葉を待つ。

仕切りなおすように小さく咳払いをした後、志藤は改めてソファの上の塩澤を見、静かに訊いた。

「リビングの引き出しから、ブレスレットを持ち出さなかったか？」

不意打ちに、塩澤は思わず身を固くする。

やはり、気づかれていた。そして、今また反応してしまったのを見られた。

志藤はそれを、肯定ととるだろう。

「ブレスレットは別にいい。あれはおまえのだろう？　もともと、返すつもりだったしな。しかし、ミラーのメダルも一緒に持ち出したな。そうなると、話は変わってくる」

目を合わせようとしない塩澤に業を煮やしたかのように、志藤は距離を詰め、腰を落として、視線の高さを合わせた。

こちらを見ろ、と言われなくても伝わる。さすがに無視できず、そろりと顔をあげかけたとき、

「おまえは、あれを見つけたから、何も言わずに立ち去ったんじゃないか、と思った。間違っているか？」

塩澤が顔をあげるのを待たずに、志藤が問うた。

真剣な表情の彼と目が合う。

　塩澤は答えられない。

　志藤は、答えを急かすでもなく――あるいは、答えを聞くまでもなく確信しているのか――、しっかりと塩澤の目を見て、さらに問いを重ねる。

「俺がミラーを殺したと思っているのか？」

　直球だ。清々しいまでに。いっそ笑えるほどに。

　何と言ってごまかそうかと考えていたのに、志藤にまっすぐに見つめられると、頭が真っ白になった。

「俺がブレスレットやメダルを持っていたことは、俺がミラーの家に入ったことの証拠にはなるかもしれないが、ミラーが死ぬときにそこにいた証拠にはならないだろう」

　志藤は、極めて冷静に指摘する。

　言われてみればその通りなのだが、最初に思いついた不穏な可能性に意識を持っていかれて、他の可能性について考えようともしなかった。

「そもそも志藤がミラーの家に入る理由がないと思ってたし、何かあって家を訪ねたんなら話題に上りそうなものなのに言わないから……言えないような理由があるんだと思った」

　そこへ、梨香子からのメッセージだ。志藤とミラーは、転落の日に会う予定だったと書いてあった。そして、今日警察へ行くつもりだとも。

　一度思い込んだら、もうそうとしか考えられなかったのだ。

　塩澤の説明を聞き、志藤はため息をついた。

「俺がブレスレットを見つけたのは去年の秋だ。エリセに頼まれて片付けに同行したときに、ソファの下に落ちていた、というか引っ掛かっていた」

大方、ソファの隙間に挟まって、何年もそのままになっていたのだろう。塩澤の家のこのソファにも、以前、落とした外国の小銭が挟まって、ずいぶん経ってから何かの拍子で下に落ち、掃除のときにようやく見つけた、ということがあった。

「メダルも、そのときエリセから預かったんだ。捨てるわけにもいかないが、母親や婚約者に見られたくないから、カナダへ送るか、どうするか、考える時間がほしいと」

説明されれば、拍子抜けするような話だった。

しかし、まだ、梨香子のメッセージの件が残っている。

「おまえのスマホに、梨香子さんからのメッセージが来てた」

「三池さんから？」

「警察に行くとか……おまえが、ミラーと会ってたとか。ちらっと見ただけだけど」

志藤がミラーの死にかかわっていたことをほのめかし、告発すると宣言しているように読めた。

志藤は怪訝《けげん》な表情になったが、すぐに「ああ！」と声をあげ、自分のスマホを取り出して確認する。

「これか。……なるほど、誤解が生じた理由がわかった」

メッセージアプリを立ち上げ、梨香子から送られてきたメッセージを表示させて、塩澤に手渡した。受け取って目を落とすと、表示されているのは、塩澤が目にしたメッセージそのものではなく、その前に彼女から送られてきたらしいメッセージだった。日付は昨日だ。「ほか2件のメッセージ」と表示されていたうちの一つだろう。

『今日は素晴らしいダンスを、本当にありがとうございました。二人とも、とても素敵でした。絵梨世に聞きましたが、マンションの整理も手伝ってくださったそうですね。何から何までお世話になって、すみません。転落の件、捜査の結果事件性がないことが確定したので、当日アレックスが身に着けていた遺品を返却したいと連絡がありました』

一つのメッセージにしては長すぎると思ったのか、そこでいったん区切られて、新しいメッセージへと続いている。それが、あのとき塩澤が目にした、新着通知で画面に表示されていたメッセージだった。新着メッセージとして表示されていたのは一部分だったが、元は何行にもわたる長文だ。

『明日、警察に行ってきます。今日のダンスを見て、あの日、あなたと会うとアレックスが言っていたのを思い出しました。たまたま用があって話をしたときにそう言われて、驚いたのですが、あの日は、ＮＨＫ杯の男子フリーの試合がある日でした。次にコーチをするかもしれない選手が出ていたので、アレックスは観戦に行って、あなたが滑るのを見たようです。観戦の後に連絡をもらうことになっていたけど、その夜、アレックスから電話はありませんでした。久しぶりにあなたの演技を間近に観て、圧倒されたのだろうと想像がつきます。私も今日、お二人のダンスを目の前で見て、そうでしたから』

メッセージはまだ続いていたが、そこまで読めばもう十分だった。

塩澤の全身から力が抜ける。

警察へ行くというのは、遺品を引きとるためで、警察は、他殺を疑っていない。それどころか、事件性はないと判断して、捜査を終了している。

警察は動いていなかった。最初から、志藤は、疑われてもいなかった。

「誤解は解けたか？」

尋ねられ、塩澤は頷いて、志藤にスマホを返した。

志藤は塩澤の目を見て、改めて告げる。

「俺はミラーの死にかかわっていない。それを心配していたなら」

緊張していた自覚はないのに、息を吐くと同時に、ソファに沈みこんでいた。

自分が存在しないものに怯えて自殺まで考えていたという事実を突きつけられる形になり、穴があったら入りたい思いだが、それ以上に、安心していた。

志藤はミラーの死にかかわっていないし、疑われてもいない、今後疑われることもない。彼の前途を曇らせるものは、存在しない。そのことがはっきりした、それだけでいい。

最初からすべて自分の勘違いだったのに、神に感謝した。

志藤は、脱力する塩澤を、何も言わずに見つめている。

塩澤はソファにもたれたまま首だけ動かして志藤のほうを見た。

「……ごめん。疑って」

「いや、俺も、ミラーの家でブレスレットを見つけたとき……おまえがかかわっていたんじゃないかと、頭をよぎらなかったと言うと嘘になる」

志藤は一瞬目を逸らし、フローリングの床を見た後、

「殺したとは思っていないぞ。ただ、その場にいたとか、直前に会っていたとか、そういう意味だ。自殺のきっかけになったというか……たとえば、おまえと別れる話になって、ミラーは飛び降りたんじゃないか、とか」

塩澤へ視線を戻して、慌てたように言い訳をする。

「そんな深い関係じゃなかった」

「ああ、この間聞いた。そのときは知らなかったんだ」

志藤が絵梨世に何も言わずにブレスレットを持ち帰ったなら、それはやはり、塩澤の関与を隠すためだろう。誤解に基づいた行動だが、彼は、とっさに、塩澤をかばったということになる。犯罪の証拠を隠すことも犯罪になるはずだ。志藤が自分のためにそうしたという事実が、塩澤の胸を締めつける。罪悪感で、ではない。

嬉しい。

ミラーの死の真相も、自分のしようとしていたことも、その瞬間はすべてがどうでもよくなる。さっきまで、彼の人生を守るために死のうと考えていたはずなのに、自己犠牲の精神はどこにいったのか。結局のところ、自分に酔っていただけだったのか。

度し難いとはこういうことを言うのだ。塩澤は自嘲で唇を歪ませる。

「まあ、お互いに、ミラーの死に相手が関係しているかもと……程度の差はあっても、勘違いしていたのは同じだ。それについては恨みっこなしということにして」

志藤は若干気まずそうな表情をしつつも、そう言って小さな咳払いをした。改めて室内に目をやり、さて本題だ、というように尋ねる。

「どうして黙って出ていったんだ。メールや電話を無視したのも、わざとだろう。俺が殺人犯だと思って怖くなったのか？」

「なわけねえだろ」

呆れて即答した。

「おまえが殺人犯だろうが、好きだ」

考えて発した言葉ではなかった。思ったことが、そのまま口から出た。

志藤は虚を突かれたような表情をして、複雑そうに言葉を濁す。

「……それはそれで、喜んでいいのか……多分に問題のある発言な気もするが」

だったらどういうことだ、と問われ、今度は塩澤が口ごもった。

誤解に基づいて先走ったあげく、ありもしない罪を被って死ぬつもりだった、とは言えない。

いくらなんでも恥ずかしすぎた。そもそも、冷静ではない状態での思考に基づく決断だったから、何故そういう発想になったのかと問われても、説明できる気がしない。

昨夜は、信じられないくらいに幸せで、これまでの人生すべてが報われたように感じて、これからの人生すべてを引き換えにしてもいいくらいの気持ちだった。だから、志藤がミラーの死にかかわっていて、捜査の手が彼に迫っていると思い込んだとき、何としてでも守らなければならないと思った。それだけしか頭になかった。

そのまま、ここまで来てしまった。

中途半端に口をつぐんだ塩澤を、志藤はしばらく見守っていたが、ふと何かに気づいたように、塩澤の背にしたクッションに目をとめる。

彼が何を見ているのか、一瞬わからなかったが、塩澤はその視線をたどり、あ、と声をあげた。

クッションの下から、メダルのリボンがはみ出ている。

無断で持ち出したことはとっくにバレていたのだから、今さら隠す必要もないのだが、とっさにクッションの下に押し込んでそのままになっていた。

「あ、これ、返」

返す、と言うつもりでクッションの下敷きになっていたリボンを引き、メダルを引っ張り出すと、リボンにひっかかっていたらしいブレスレットがソファから滑り落ちる。その拍子に、書き損じの便せんまで床に落としてしまった。

志藤が「落ちたぞ」と無造作にそれらを拾い上げる。止める間もなかった。志藤はひょいとクッションを持ち上げ、その下に残った薬のシートを見つける。

「どこか痛むのか？」

志藤がそう訊いたのは、それが見覚えのある薬で、鎮痛剤だと知っているからだろう。自分の家から持ち出されたものだということには、気づいていないようだ。

「いや……昔の、余りっていうか」

「すごい量だな」

なんとかごまかそうとしたが、

「……もしかして、俺の家から持ってきたか？」

志藤はすぐに、出所に思い当たったようだ。言い当てられて、塩澤はうなだれる。

志藤は別のシートを一枚手にとり裏返した。印刷されているのは薬の名前だけだから、それが睡眠導入剤であることには、気づいたかどうかわからない。

しかし、彼が続いてくしゃくしゃになった便せんに目をやった時点で、もう、ごまかしようはなかった。書きかけではあるが、最初の数行を読んだだけで、遺書であることはあきらかだ。

ちぎれたブレスレット、ミラーのメダル、大量の薬のシート、それに加えて、書きかけの遺書。志藤は鈍い男ではない。便せんに書かれた文言を一目見て、すべてを察したようだった。みるみるうちに表情が変わる。

硬い表情で塩澤を見、何かを言いかけ、何も言わないままに口を閉じた。

その後、深々と息を吐き、片手をこめかみに当ててしゃがみこむ。

「なんでそうなるんだ……」

頭痛をこらえるような表情で言った。

眉間にしわを寄せたその表情がセクシーだと思ったが、口には出さないだけの分別はある。

「つまりおまえは、俺を守ろうとしたんだな?」

しゃがんだ姿勢のままで顔をあげ、斜め下の角度から塩澤を見て、志藤が言った。喜んでいないのは見ればわかった。

塩澤が死のうとしていたことだけでなく、その理由までわかっているらしい。

「俺がミラーを殺したと勘違いして、俺をかばうため、証拠を隠滅しようと持ち出した……というところまではわかる。かろうじて。色々と言いたいことはあるが、理解はできる。でもそれで、自分が罪をかぶって死のうとはならないだろう。普通」

思考が飛躍しすぎだ、とまっとうすぎる指摘をされ、塩澤はソウデスネと棒読みのように答える。ばつが悪くて、またもや目を合わせられなくなった。

「俺をかばうつもりなら、証拠品を処分して、おまえが口をつぐめば終わりじゃないのか。なんで死のうってことになるんだ」

「梨香子さんのメールで、今日にでも警察が動くもんだと思ったから……パニックになって」

「……まあ、あの文面の最初だけを見たら誤解するのは仕方ないが」

それにしても、何も死ななくてもいいだろう、と志藤が眉根を寄せる。微妙な表情だ。困惑が伝わってくる。

「実は今朝、おまえがいなくて、窓が開いていて、ブレスレットとメダルがなくなっていたとき、一瞬嫌な想像をしたんだ。誤解してショックを受けて、衝動的に飛び降りでもしたんじゃないかと。そうじゃなくてよかったが、まさか、そんな動機で死のうとしていたとは」

ため息まじりに言われた。

「おまえの家のマンションから飛び降りたりはしねえって、さすがに。いくらなんでも迷惑すぎるだろ」

「そういう問題じゃない」

一刀のもとに両断される。志藤に疑いがかかるような形で死ぬ気はなかった、と伝えようとしたのだが、逆効果だったようだ。

「どうかしてたのは認める。ちょっとテンションがおかしかったんだ」

塩澤にも、志藤が殺したのだと、確信があったわけではない。しかし、決定的なものではないにしろ、証拠と証言があるとなれば、警察が彼を容疑者扱いすることは避けられないだろうと思った。アイスダンスに転向したばかりの志藤にとって、致命的なスキャンダルになりかねない。それを止めるためには、別の「犯人」を用意するしかなかった。

だから、自分が、志藤のかわりに罪をかぶって退場することにした。塩澤がただ罪をかぶろうとしても、志藤は許さないだろうが、その塩澤が死んでしまっていたら、あきらめるのではないかとも思った。塩澤自身、しらを切り通せるかどうか自信がなかったし――しかし今思えば、それは、自分自身に対しての建前だったかもしれない。

本当は、志藤のためだけではなかったと、今になって自覚した。

志藤には言えない。

「髪が湿っているな」

「ああ、風呂入ったから」

「俺に疑いが向かないように、俺との痕跡を消そうとしたな？　自分が死んだ後、俺の体液やら何やらが検出されたら、俺に迷惑がかかると思ったんだ」

その通りだったが、そういうことはいちいち口に出さず、気づいてもそっとしておいてほしい。塩澤は答えなかったのに、志藤は自分ひとりで納得したようだ。おまえが俺をすごく好きなのはよくわかった、と重々しく頷いて立ち上がった。

「とにかく、俺もおまえも、ミラーの死とは無関係だ。お互い、それだけわかっていればいい」

改めて言う。

「何故死んだのかは、俺たちが知る必要のないことだろう。事件性がないことは警察が確認したそうだ。色々と噂はあるだろうが、その真偽も、身内だけがわかっていればいいことだ」

自分たちの間の誤解が解けたことだけ確認できればいい。志藤の言うとおりだった。塩澤はそうだなと答え、ちぎれたブレスレットに目をやった。

これを志藤の家で見つけたときは、志藤とミラーが、何らかの理由でそれを奪い合うことになり、ミラーはちぎれた鎖の一部を握ったまま絶命したのではないか、ブレスレットの残りは志藤が現場から持ち去ったのではないかと考えた。

よく考えれば――というほど深く考えなくても、あのブレスレットはそれほど長さのあるものではなかったから、奪い合ってちぎれたのなら、志藤が持っていた鎖はもっと、そうとわかるほど短くなっていたはずだ。そんなことにも気づかなかった。どれだけ自分が冷静でなかったか、今さら気づいて恥ずかしくなる。

結局、ミラーが握っていたというアクセサリーは何だったのかはわからない。死体がアクセサリーを握っていたという話自体がでたらめだったのかもしれない。本当だったとしても、それは遺族や警察には何かわかっていて、事件性を示唆するものではないと判断されたということだ。

いずれにしろ、志藤とも塩澤とも何の関係もないものだった。重要なのはそれだけだ。

あのときの塩澤は、一言で言うと、どうかしていた。証拠を持ち去り、身代わりの犯人を用意すれば、志藤は安全だと、本気で思い込んでいた。正反対の方向に衝撃的なことが立て続けに起こりすぎて、テンションがおかしくなっていたのもあるだろう。しかし、それだけではなかった。おそらく、それが、自分にとって都合のいい結論だったからだ。

すべてをかぶって、自分が消えてしまえば、彼が自分に対して負い目を感じることもなく、自分も、今の彼との関係が失われることに怯えなくて済む。

幸せすぎて、いっそこのまま死んでもいい、と思ったその直後に、志藤の「秘密」を知り、幸せの絶頂から突き落とされるのと同時に、自分の愛情を、覚悟を、証明するチャンスを与えられた。

恋に殉じることで、いつか失うという恐怖からも逃げることができた。

今のうちに、いい思い出だけを抱えて終わらせるのも悪くないと、頭のどこかで思ったのだ。

自分の都合がいいように、脳が思考を捻じ曲げた――とまではいかなくても、誘導したのだろう。熱に浮かされたかのように、それしかないと思い込んだ。

冷静になって考えると、そういうことだった。

要するに、自分は、幸せなまま死にたかったのか。

他は全部言い訳で、そういうことなのか。

だとしたら、自分は、思っていた以上に、臆病で、自分勝手な人間だったようだ。

思い出だけで十分幸せだと言いながら、一瞬手が触れた瞬間から失くすのが怖くなったのだ。

思い返せば、手に入れる前から怖かったかもしれない。

少しの間黙っていた志藤が、ひょいと塩澤の隣に腰を下ろした。

急に距離が縮まり、「何」とソファの上で身を硬くする塩澤に、真顔で言う。

「本題に入るぞ」

「本題？」

ミラーの死に志藤は無関係で、警察も転落に事件性はないと断定していて、今後蒸し返されることもない。それが本題ではないのか。ほかに何の話があるのか、と塩澤は志藤を見返した。

「死ぬ理由はなくなったな？　――いや」

志藤は塩澤を正面から見て、わざわざ言いなおす。

「死ぬ理由がないことが、わかったな？」

まだ話は終わっていなかった。

それどころか、これから始まるらしい。志藤の言うところの、本題が。

塩澤は気圧《けお》され気味に頷く。まず、距離が近いのだ。ソファに並んで座って、互いのほうを向いているから、逃げ場がない。さりげなく体の向きを変えようとするが、志藤がさらに距離を詰めてきた。

「二度と妙な気は起こすなよ」

「……はい」

「俺の目を見て誓え」

目を合わせずにいたら、ぐい、と両手で頭を挟まれて志藤のほうに向けられた。

まともに目が合う。至近距離に志藤の顔がある。

こんな目に見つめられたら、頷くしかない。

「誓う。こんな馬鹿なことは、二度としない」

塩澤が言うのを聞いて、志藤は満足そうに頷き、笑顔になった。

顔は好みではなかったはずなのに、心臓が、大きな手で握られたかのように、ぐぐっとなる。

たった今馬鹿なことはしないと言ったばかりだが、志藤にこんな風に至近距離で見つめられて「一緒に死んでくれ」と言われたら頷いてしまいそうだし、「人を殺してくれ」と言われても頷いてしまう気がする。

しかし、もちろん、志藤はそれを聞いても喜ぶどころか怒りそうなので言わなかった。

自分がこんなに盲目的だとは、塩澤も知らなかったのだ。

もっと割り切って、軽やかに、恋と人生を楽しんでいるつもりだった。

実際に、うまくやれていたはずだったのに、どこかで歯車がずれてしまった。

何もかもこの男のせいだ。

複雑な気持ちで見ていたら、何だ、と怪訝そうな表情で志藤に訊かれる。

「そうやって気軽に触られるとドキドキすんだけど」

おまえのせいで人生が狂ったのだと言うわけにもいかないので、とりあえずたった今の行動について文句を言った。

「ドキドキするのか……」

志藤は、意外なことを言われた、というように目を瞬かせる。

それから「そうか」と呟き、自分の手を見て思案する表情になり、顔をあげてまた塩澤を見た。

「今後気をつけたほうがいいか？　でもそれは、どちらかというと嬉しいことなんじゃないのか」

好きな相手にドキドキするのはいいことだろう、と真面目に言われ、塩澤は言葉に詰まる。

それがいいことかどうかは、誰にとってかによるだろう。

「心の準備ができてないから、心臓に悪いんだよ。あと、おまえは嫌じゃねえの。自分は無意識っていうか、深い意味なんかないのに、勝手にドキドキされてるって」

相手が、そんな行動にいちいちときめいてしまう人間なのだということを忘れていないか。

塩澤が、いささか自虐的な気持ちになって目を逸らすと、

「何でだ。嫌じゃない。嫌がる意味がないだろう」

おまえはときどき妙に自己評価が低いな、と志藤は呆れたように言った。

「嫌われるより好かれるほうがいいに決まっている」

塩澤が彼に向けている感情の意味を理解してもなお、志藤は本気で言っている。それがわかって、喉の奥が熱くなった。

「ならよかったよ」

ここで泣くのはいくらなんでも重い。自分たちはそういう関係ではない。どうにかして笑った。とんでもない勘違いと暴走の結果、何故か今志藤と二人、この距離で向かい合っている状況は、もはや笑うしかなかったが、気分は悪くない。いや、悪くないどころではない。

酒と雰囲気に流されて想いを告げたときは、ピリオドを打つ覚悟をしていた。あの後あんなことになって、今こんな風に笑っていられるなんて、想像もしていなかった。

片想いを相手本人に知られてしまっているという状況が、なんだか気楽で楽しいもののように思えてくる。意外と気まずくならなかったので、なおさらそう思うのだろう。

それは志藤がそう振舞ってくれているからだとわかっていた。

親友だと思っていた相手に劣情を持たれていると知っても、とんでもない誤解をされているとわかっても、気持ち悪がったり怒ったりせずに、正面から向き合ってくれた。

こいつはいい奴だな、と思い、いや、それも違うか、と思いなおす。

志藤は他人に親切で礼儀正しいが、誰にでも無条件に優しい男ではない。むしろ、自分にも他人にも厳しいところのある男だ。塩澤だって、志藤が優しいから好きになったわけでもない。認めるしかない。塩澤はただ、この男が、自分に対して優しいことが嬉しいのだ。

容姿より人間性より才能に恋をしたせいで、志藤が殺人を犯したのかもしれないと思い込んだときさえ、彼への気持ちは変わらなかった。怖い、離れなければ、通報しなければ、ではなく、隠さなければ、守らなければと思った。自分は相当どうかしている。

志藤がどんな人間かはもはや関係なく、彼が自分のために心を砕いていることが、自分が彼にとってそうするに値する存在であることが嬉しい。

そして、もうこれからは、隠さなくてもいいのだ。

優しくされて嬉しいのだと、気づかれないように、わざと何でもないようなふりをしなくてもいい。好きでいる許可をもらったようなものだ。

勘違いで暴走して、相手のためだと思い込んで自殺までしようとしていたと知っても、こうして塩澤を見放さずにいてくれるのだ。ちょっとやそっとのことでは離れていかないはずだった。

一度ここまで派手にやらかせば、これよりひどいことにはならないと自信を持てる。

「表情が明るくなったな？」

志藤が指摘した。

いつもなら、そこは見ないふりをしろ、いちいち口に出すなと言うところだが、今は気分がいい。「おまえが優しいからな」と、正直に答えてやる。

「相手にバレてる片想いってのも、案外悪いもんじゃないかもって思ってただけだ」

素面で言えたことに、自分でも驚いた。大暴走で一生分の恥をかいたから、かえって開き直れたのだろうか。

気持ちを知られているからといって、いつもこんな風に素直に思ったことを言葉にはできないが、たまには悪くない。

ソファに座った志藤は目を瞬かせた。

「片想いなのか?」

「は?」

これには思わず声が出てしまった。

今さら何を言うのだ。

片想いだろ、と塩澤が返すより早く、

「俺はおまえに恋愛感情を持っているかと言われると違う気がするし、これからも同じ感情を返せるかはわからないが、お互い好き同士ではあるだろう」

志藤が言う。その表情は大真面目だ。

「特に意識していなかった相手に告白されて、つきあってみたら好きになったとか、友達だと思っていた相手に告白されて意識し始めるとか、そういうのはよくある話だろう。そこから始まる関係なんて珍しくもない」

「そりゃそうだけど、それはお互いヘテロの……異性愛者同士の話だろ」

「何が違う」

不思議そうな表情を浮かべて問われ、戸惑いと苛立ちが同時に湧いた。

「だから、それは、もともとセックスできる相手同士だったわけで」

「俺たちもできただろう」

そうだった。

塩澤は口をつぐんだ。

「……できたな」

塩澤が認めると、志藤は、だろう、というように頷く。

「ためしにセックスをしてみたらできた。試してみなければわからなかったことだ。試しにつきあってみて、俺のほうがおまえを恋愛的な意味で好きになるかもしれないし、おまえが俺に幻滅するかもしれないし、どうなるかはわからんが、様子を見てみるのもいいんじゃないか」

塩澤は天を仰いだ。

何時間か前に、似たようなやりとりをした記憶がある。あのときはお互い酔っていたが、今はアルコールも抜けて、ほぼ素面だ。

マジで言ってる？　と塩澤が尋ねると、志藤はもちろんだ、と深く頷いた。むしろ、訊かれたことが心外だというような表情だ。

「世間一般に言うところの恋人同士になれるかと言われるとわからないが……おまえがそれを望んでいるなら」

「いや、まあ……俺も別に、ペアルックで手をつないで歩きたいとかは思ってねえ。さっきも言ったけど」

志藤相手に限らず、そんな風につきあいたいと思ったことは生まれてこのかた一度もない。スケーターだったころは、週刊誌等に撮られたら相手やスポンサーに迷惑がかかるかもしれないという意識もあって、同性の恋人でも異性の恋人でも、あまり人前でいちゃいちゃしたり、友達に紹介したりした経験はなかった。

「俺は、相手がそうしたいと言うならしてもかまわないが、実際にしたことはないな。それどころか、恋人がいたときも、シーズン中はほとんど会えなかったし、会いたいとも思わなかったし、デートや記念日よりもショーや試合を優先させていたから、世間一般に言うところの恋人らしいことはあまりできていなかった」

「俺も……忙しいときは二か月三か月会えなくてふられたり自然消滅したり……今の仕事になってからもそうだけど」

選手時代からのつきあいなので、お互いの恋愛遍歴はだいたい把握している。二人とも、何事もスケート優先だったため、たいてい去っていくのは相手のほうだった。

最初から、恋愛を最優先にできない人間なのだと、わかってつきあってくれる相手でないと続かない。わかっている、と言ってつきあい始めても、やがて相手のほうが物足りなくなるのか、長続きしなかった。その結果、恋人はもういいか、と後腐れのない相手と遊ぶだけになってしまいがちだった。

「つうか、俺はおまえにショーや試合よりデートを優先されても困るし」

何よりスケーターとしての志藤聖が好きなのだ。少しでも長く滑っていてほしいし、それを見ていたい。

——ということは、確かに自分は、志藤の恋人としては最適、というのは言いすぎにしても、悪くはないのではないか。まだ保守的な考えの人間も多い日本のスケート界で、彼のキャリアの妨げになるのでは……という不安もあったが、考えてみれば、志藤はアイドル的な人気のスケーターで、恋人が男性だろうが女性だろうが、どうせ隠すのだから同じことだ。それに、塩澤が志藤とつるんでいるのはいつものことで、一緒にいるところを見られても誰も何とも思わない。親友同士だと知られていることは、かえって、気にせず外でも会えるというメリットになる。邪魔をしない、束縛もしない、スケートの知識もあって、話が合うし、気心も知れていて、志藤のストレスにはならないはずだ。ソファに並んで座り、至近距離で志藤に見つめられていると、だんだん、そんな気がしてくる。

「だろう。つまり、俺としては、女性とつきあっていたときと変わらない、むしろスケーターとしての自分を尊重してくれる、理解のある恋人を得られるわけだし、おまえとしてもそれで不満がないんだったら、メリットしかない。試してみてうまくいかなかったら、元に戻るだけだ」

こいびと、と口に出してみる。現実味のない響きだった。しかし志藤が何でもないことのように言うから、まるで、当たり前の選択肢であるかのような気がしてきた。

説得する、というほどの強さもない、提案する口調で、志藤は言った。

「問題はあるか？」

ない。

＊＊＊

自殺を阻止され、ミラーの死についての互いの誤解を知らされ、何故か志藤と恋人同士になって、六日が過ぎた。

今日は絵梨世の新居に呼ばれている。ホームパーティーというほどの規模ではなく、志藤と塩澤と絵梨世たち夫妻だけの食事会だ。志藤はワインを買っていくと言っていたから、塩澤はチーズとスイーツを買っていくつもりだった。

昨日、志藤はテイクアウトの料理を持って塩澤の家へ来た。二人で食事と酒と会話を楽しんだだけで、特に恋人らしい何かがあったわけではない。前に会ってから数日しか経っていないのに志藤がわざわざ訪ねてきたのは、また塩澤が何か早まったことをしないか心配して、見張る意味もあるのだろう。信用がないのは仕方がないので、しばらくはしおらしくしておこうと思っている。それに、どんな理由であれ、志藤と会う機会が増えるのは、塩澤としては歓迎だ。

ジャケットを羽織り、ストールを巻いて家を出る。

志藤とつきあうことになったと、絵梨世には伝えてある。詳しい経緯はまだ話していないから、絵梨世は聞きたくてじりじりしているだろう。

今日は彼女の夫が一緒で、あまり踏み込んだ話はできないが、いずれ彼女には話さなければならない。とはいえ、塩澤自身も、今はまだ、絵梨世に説明できるほど、何がどうしてこうなったのか、これからどうするつもりなのか、よくわかっていないのだ。

世間一般に言うところの恋人同士になれるかはわからない、と志藤に言われたが、塩澤自身もそれを望んでいるわけではなかった。

歴代の恋人たちを、友達に紹介したことはほとんどない。人前で腕を組んだりキスをしたり、恋人らしいことをしたこともなかった。それでも現役のころはただ女性と並んで歩いているだけで熱愛か、などと騒がれたこともあるが、志藤と塩澤が歩いていてもマスコミは何とも思わないだろう。つまり、自分たちで公表でもしない限り、二人が恋人同士であることはおそらく誰にも気づかれない。わざわざ意識して隠すほどのこともない。

関係性は、おそらく、今までとあまり変わらない。二人でいても、特に甘い雰囲気になるわけでもない。ただ、志藤は塩澤が自分を好きだと知っていて、塩澤も、知られていると知っている。一応、双方の認識としては、恋人、ということになっている。

お互い気が向けばセックスすることもあるかもしれない。しなくても、それはそれでかまわないと思っている。いつかどちらかに、別に好きな人ができるかもしれないし、いつまでもできなければ、このまま続くかもしれない。

才能だけに惚れたわけではない。しかし、きっかけは間違いなくそれで、一番もそれだ。

彼が氷の上から去ったとき、自分は彼を今と同じだけ愛していられるだろうか、と塩澤は考えた。

氷の上にいたころの自分たちを覚えていて、それだけで、一生分の幸せに足りていると、そのころと彼を想うだけで他の恋はいらないと思っている。それは本当だけれど、それでも、やはり、今と同じだけの熱情は消えるかもしれないとも思っていた。

才能が消えるのと同時に、恋情も消えるのではないかという不安は、常にあった。

永遠に競い合い、高め合っていくことはできない。いつかは必ず失われるものだとわかっていた。

最も愛した部分が失われていくとき、一緒にいるのが怖かった。塩澤のそれが失われることを、志藤がどう思うかも気になったが、それ以上に、自分の気持ちが変わることのほうが圧倒的に恐ろしかった。

変わらない、いや、変わったとしても、それでいいじゃないかと、何度も自分に言い聞かせた。どうせ、自分ひとりで完結する恋だ。うまく宥《なだ》めて、おとなしくさせて、いつか薄れていくのを待つだけの感情なのだから。最初から、伝えるつもりなどないのだから、と。

だから、かなうはずのなかった恋がかなってしまったときは動揺した。受けとめきれなくて、幸せすぎて、わけがわからなかった。正気に戻ったら、後は失う恐怖に呑まれそうだった。そして、失う前に自分で終わらせなくてはと思ったのだ。きっと。強迫観念のように。

そんなときにブレスレットとメダルを見つけて、それが志藤を破滅させる決定的な証拠のように思いこんだ。自分は志藤を守るために死ぬのだ、それしかないのだと信じようとして、本気で信じてしまった。

冷静になって分析すると、随分と都合のいい脳だ。恋に殉じようとする自分に酔っていたところもあるかもしれない。

あのまま死んでいれば、志藤の一生の傷になれた。

罪をかぶろうと決めたとき、頭にそんな考えがよぎったことを、否定できない。

志藤には、絶対に言えない。正直に言うと、今でも、想像することはあるけれど、想像するだけにとどめている。

引かれても呆れられても見捨てられても仕方のないことをしたのに、恋人になってくれるとは、志藤もたいがい物好きだ。いや、懐の深い男だ。

自分に才能があってよかった。使わなくなった才能でも、それが、今の塩澤を作り、志藤と出会わせてくれ、今日まで生かしてくれた。そのおかげで、志藤の特別になれた。

駅に向かって歩きながら、塩澤は、昨夜のことを思い出す。

向かい合って食事をとっているとき、志藤は突然宣言した。

「一応言っておく。俺はあきらめないことにした」

数秒前まで、彼は絵梨世の新居訪問の時間と、待ち合わせ場所について話していた。

塩澤はシンガポールチキンライスの蒸し鶏の皮をナイフではがしながら、志藤の話に相槌を打っていた。ふと会話が途切れたタイミングで、志藤は突然、そんなことを言ったのだった。

何をだ、と問い返した塩澤に、

「おまえの復帰だ」

志藤は、当然のように答える。塩澤は瞬きを返した。

あんなにはっきり、復帰はないと伝えて、志藤もそれを受けとめた様子だったのに、また蒸し返されるとは思っていなかった。

プライドの高い志藤が、望みは薄いと知りながら本心を伝えてくれたから、塩澤も、伝えようと思ったのだ。長年の片想いに決着をつける覚悟をした。こんなことになるとは思っていなかったが――あのやりとりは何だったのだ。

だいたい、引退してもう五年以上たっている。磨き続けなければたちまち衰える、一日二日、練習をしないだけでも体が重くなる世界だ。塩澤は実際にその世界にいたから知っている。これだけ長いブランクの後復帰したスケーターなんて聞いたこともない。

その話はもうしただろう、と塩澤は言いかけたが、表情に出ていたようだ。志藤は、皆まで言うなとばかりに手で制した。

「おまえだって、ずっと俺を好きだったのに、無理に決まっているとあきらめていたんだろう。それがこうなったわけだ。ということは、この先、おまえが復帰することだって、絶対にないとは言い切れない」

自分がほだされてしまったように、いつか塩澤もほだされるかもしれないと、そういう理屈らしい。

そう言われてしまうと、あきらめろとも言えない。

いくらなんでもあり得ないとは思ったが、自分の恋がかなう日が来るなんてことも、長い間、あり得ないことだと思っていたのだ。

望みを持ち続けることは彼の勝手だ。塩澤が志藤を、勝手に好きでい続けたように。

「好きにすりゃいいけどさ」

「ああ、好きにする」

どんな形でもいいんだ、いつでも、と、志藤は屈託なく笑う。こういう表情はカメラの前ではあまり見せないから、役得だなと思った。

志藤は持ち込んだ夕食を食べ終え、食後のコーヒーと少しのワインを飲んで、翌日も早いからと、十時前には帰っていった。しっかり容器や食器を洗って片付けてからだ。日々の生活がきちんとした男なのだ。今日は、絵梨世たちの新居を訪ねる前に、普段のトレーニングに加え、コーチやスタッフとの打ち合わせと、雑誌の取材が入っているらしい。

塩澤のほうは、土曜で仕事が休みなので、朝寝坊をして、起きたのは昼すぎだ。昨夜、志藤が帰った後も一人で飲んでしまったのがよくなかった。それでも、よく寝たおかげで体も気分もすっきりしていた。

約束の時間までは、まだ時間がある。絵梨世たちへの土産を買う前に、行きつけのセレクトショップを覗いてみるつもりだった。ショウウィンドウを眺めながら、のんびりと歩く。

ガラスには、ひょろ長い手足の痩せた男が映っている。

現役の選手だったころのような筋肉はもうない。戦うための体ではなかった。

この体で氷の上に戻るなんて、いや、それだけではない。今の塩澤はデザイナーだ。

さすがに無理がある。無理があるが、それでも、志藤の、かなわなくても持ち続けている願いが自分に向けられているというのは悪くない気分だった。彼の心からの望みをかなえられるのは、この世にただ一人、自分だけなのだ。その喜びは、応えられず申し訳ない気持ちを上回っていた。今の自分には無理だ。また滑ろうと思ったら、とてつもない覚悟と努力と時間が必要だろうし、そのすべてをかけても、結局、求める高さまでは行けない可能性のほうがずっと高い。けれど、競技の世界で戦えるかとか、プロとして通用するとかしないとかではなく、楽しく滑って、人を楽しませる、それだけのためのスケートなら、あるいは――想像すると、悪くないかもしれないと思ってしまう。あの男があんな顔でそそのかすからだ。

九十九パーセント、あり得ない。しかし、一パーセントはわからない。いつか魔が差してしまうかもしれない。

そのいつかが来るとき、志藤はまだ自分の恋人だろうか、と塩澤はぼんやり考える。

もう別れる時のことを考えているのかと、志藤に知られたら呆れられそうだ。しかし、塩澤にとっては最初から、志藤の恋人になるのは怖いことだった。

一番欲しかったものを手に入れて、知ってしまったら、どうしたって、失くすときのことを考えてしまう。だめになったら、二度と立ち上がれなくなるのではないかと思って怖かった。今も怖い。

これからもずっとそうだろう、と思う。

訪れるかもしれない終わりの先まわりをして、心の準備をするのは癖になっている。そう簡単にはやめられないし、これは塩澤なりの、自分を守る手段でもある。

のめりこみすぎないように、よりかかりすぎないようにして、いつ失ってもおかしくないものだと常に頭の隅に置いておく。志藤にすべては預けないでおく。離れることになっても立っていられるように、自分の足で歩けるように、心の準備をしておく。

それはやめられないが、同時並行で、終わりを先延ばしにするための努力をすることにした。競技者としての志藤がどこまで行けるか、自分たちの関係がいつまで続くのかはわからない。思っている以上に長いかもしれないし、短いかもしれない。

それでも今、塩澤はたぶん幸せで、それが少しでも長く続くように、できることをしようと思う。


とりあえず、今日は絵梨世の新居まで、一駅分の距離を歩くことにした。

セレクトショップのガラスドアに映る自分の背すじは伸びていて、悪くない表情をしている。ドアは手動だ。金属製のノブに手をかけて引くと、からからとドアについたベルが鳴る。

塩澤が滑るのをやめたとき、終わると思った。しかし、関係は終わらなかった。

志藤が滑るのをやめても、終わらないかもしれない。誰にもわからない。

いつか来るその日まで、一緒にいるつもりでいる。

できれば、それからも、一緒にいたいと思っている。

Ⅳ　落下

志藤聖と塩澤詩生は、アレックス・ミラーが引退の時期について考え始めた、まさにそのときにシニアデビューしたスケーターだった。

二人はみるみるうちに頭角を現し、デビュー後二度目の世界選手権では、もうミラーの総合成績を上回っていた。ちょうどミラーが膝を痛め、本調子でなかった時期と重なったということもある。それは彼らのせいではないが、自分より若く、自分より高く跳ぶ選手であるというだけで、ミラーには彼らを嫌う理由があった。

同時に彼らは、無視できない存在でもあった。

塩澤は時にぎょっとするような派手ななりをして、氷の上ではあれだけ独創的な滑りを見せるくせに、普段は無口で、気がつくと隅のほうでぼうっとしている。よく言えば、芸術家肌で、自分の世界を持っている、ということになるのだろうか。マイペースで、見た目よりおっとりした性格のようだった。

塩澤と寝たのは気まぐれだ。それまで特に親しかったわけではなく、たまたまお互いに酒を飲んでいたとき、なんとなく、流れでそうなった。ミラーには、若いころに何度か同性との経験があったが、久しぶりだった。

見た目は別に、好みでもなんでもなかったし、相手を探していたわけでもない。興味本位に近かった。実際に裸を見ても、塩澤の顔も体も、特に魅力的だとは感じなかった。ただ、彼の氷上での姿を知っていたから、それを征服しているという感覚は悪くなかった。相性はまずまずだった。

志藤のほうは、ひたすら気に食わなかった。塩澤と違い、見た目と滑りから想像する通りの性格をしていた。デビュー直後から堂々として、ふるまいは礼儀正しいが、自分が誰よりも高いところにいることを疑わない目をしていた。氷の上では王者としての自信に満ちていた。そのプライドをへし折ってやりたいと常々思っていたが、折れないのがまたむかついた。

昔の自分を見ているようだった。ただし、彼のほうが、スケーターとしてはより優れていた。認めたくなかったが、認めざるをえなかった。志藤も、塩澤も、才能があった。自分よりも。

そして、二人は、前と、上と、互いのことしか見ていなかった。

要するに、ミラーのことは眼中になかったのだ。それを悔しいと思うこと自体が悔しくて、意識して、近づかないようにした。同じ大会でも、彼らの、特に志藤の演技は見ないようにして、なるべく考えないように、自分の頭から締め出した。

自分のことをどうでもいいと思っている相手のことを気にしても惨《みじ》めなだけだ。

ミラーは二十代の半ばを過ぎたころから、何度か膝と腰を傷め、手術をした。痛みはましになっても、少しずつ、すり減るように失われていくものがあるのを感じていた。退きどきを見極めようとしながら時間が過ぎ、志藤たちのシニアデビューから六年が経った。

その年のグランプリシリーズ第三戦、フランス大会の直前に、志藤が轢き逃げに遭った。ミラー自身は、別に、ざまをみろとも、残念だとも思わなかった。しかし、練習場の出口で待ち伏せをして花を渡しに来た熱心なファンから、「志藤選手の事故に動揺しないで、自分の滑りをしてくださいね」と言われたとき、彼女の顔には抑えきれない笑みが浮かんでいた。

志藤の棄権表明後、事故は、ミラーの過激なファンがやったことだという噂が流れた。本当かどうかは確かめようがない。しかしミラーは、あの日花を持ってきた女のことを思い出した。あのとき、彼女のものと思われる車がすぐ近くに停まっていた。ミラーの車と同じ車種だった。だからどう、というわけではない。応援しているスケーターと同じブランドを愛用するファンは珍しくない。車もその延長線上だろう。何の根拠にもならない。しかし、ネット上には、事故がミラーやそのファンのしわざではないかと疑う声が溢れた。志藤がシニアにあがってすぐのころ、同シーズンでミラーと選曲がかぶったことがあり、それ以来ミラーのファンの一部に志藤のアンチがいたことが噂に拍車をかけた。志藤のファンだけでなく、そもそもスケートファンですらないだろう誰かの書き込みもたくさんあった。「ミラー、ラッキーだったな」という書き込みを見つけたときは、頼んでねえよ、と声が出た。

真に受けて、「よくやった」と拍手の絵文字を投稿している、ミラーのファンらしき誰かのコメントもあった。そこまであからさまではなくても、志藤の事故を「ナイスタイミング」と喜ぶ声はもっとあった。「運も実力のうち」という開き直ったような書き込みもあった。

熱狂的なファンにさえ、自分は、志藤と比べられたら勝ち目がないと思われているということだ。

きっかけとしては十分だった。フランス大会での優勝を最後に、ミラーは競技生活を引退した。国内のニュースは、志藤の棄権ばかりをとりあげ、試合の結果についてはわずかに触れただけだった。志藤は日本代表だったから当然と言えば当然だが、もちろん、おもしろくはなかった。

コーチになってからも、日本とカナダと、あとは大会があるときにそれぞれの開催地を、行ったり来たりする毎日なのは、現役時代と変わらなかった。いっそ完全に日本を離れればよかったのかもしれないが、別れた妻と娘が日本に住んでいて、踏み切れなかった。それに、主治医がいるのが日本の病院だったということもある。

ミラーは、膝と腰を、それぞれ二度手術した。そのうち一回は引退後だ。右膝にはボルトが入っている。日常生活に支障があるほどではないが、階段の上り下りは楽ではないし、季節や天候によって痛みが出ることもある。

現役時代に無理を続けた代償だった。後悔はしていない。しかし、痛みを感じるたび、自分はもう二度と滑ることはできないと思い知らされた。

塩澤が現役を引退した後、顔を合わせる機会があったから、声をかけ、酒を飲みにいき、その後マンションへ連れて帰った。引退後の塩澤が、スケートと全く違う世界を選んだことは知っていた。賢い選択だと思った。

引退後もこの世界に残ること、選手としてではなく、リンクのそばに立つ人間になることには、痛みも伴う。

次の世代の選手を育て、かつて自分がいた、もう二度と戻れない場所へと送り出す仕事だ。そうやって生きていくことに耐えられない者もいる。

それでもスケートから離れられない、自分のような人間もいる。

久しぶりに会った、そして、スケーターではなくなった塩澤は、あまり変わっていなかった。志藤も変わっていないのだろうと思った。忌々しいが、天才というのは、そういうものだ。

塩澤が志藤に恋愛感情を抱いているらしいことには、現役のころから気づいていた。趣味が悪いと思っていたし、実際にそう指摘したこともある。シャワーを浴びて出てきた塩澤に、あれのどこがいいんだと訊いたら、彼は困った表情をしていたが、やがて、スケート、という答えが返ってきた。納得せざるをえないのが腹立たしかった。

塩澤とミラーは志藤の才能に打たれた者同士だった。

塩澤にも才能があった。志藤すら驚愕させるほどの才能だ。しかし、彼はミラーよりよほど潔く、氷の上から退いてしまった。志藤とともに滑ることに執着しなかったことは意外な気がしたし、彼らしいような気もした。

彼のように在れたらよかったのかもしれない。

しかしミラーは、志藤は志藤、自分は自分だと割り切ることも、スケート以外に人生の意味を見出すこともできなかった。

おそらく、志藤とミラーは似すぎていた。自分が最も誇りを抱く部分、自分の芯となる部分においてだ。

戦うためではなく、楽しませるためのスケートにはなじめなかったから、現役時代、アイスショーに出ることには抵抗があった。しかし、いざ競技の世界から退くと、プロスケーターになるかどうかを選ぶまでもなく、滑りたくても滑れなくなっていた。

コーチになっても、後進を育てることに喜びを感じることはなかった。自分が滑れないのなら、せめて自分のかわりに誰かをあの場所へ送り出したい、とは思えなかった。望みは、あの場所へ戻ることだけで、それはかなわないと知っていた。

それに、教え子たちの中に、志藤や塩澤のような輝きを持つ選手はいなかった。

比べること自体が馬鹿馬鹿しいとはわかっていた。もう自分は彼らと同じ場所にはいないのに。

仕事のため足を運んだ大阪のアイスアリーナで、別れた妻の梨香子と会った。その日、ミラーは、シニアにあがって二年目の選手のコーチを依頼され、彼の出場するＮＨＫ杯を観戦しに来ていた。

煙草を吸いに外へ出ていたときに梨香子に声をかけられ、元気かと尋ねられる。膝と腰のことには直接触れなかったが、それを含めた問いだということはわかった。相変わらずだと答える。梨香子は頭のいい女で、いつも余計なことは言わない。さりげない気づかいの出来る女だった。

近況報告の中で、娘の絵梨世に恋人がいることを聞かされた。梨香子は、会いたいなら食事をセッティングする、と言う。

梨香子とは、仕事柄顔を合わせることもあったが、絵梨世とは、もう何年も会っていなかった。そうか、もう何年も、と今さら気がついた。

離婚して、引退して、何年も経っている。それなのに自分はいつまでも、今の自分に納得できずにいる。ここが自分の居場所だと思えずに、振り向いてばかりいる。

いい加減、前を向かなければとは思っていた。

前を向くためには、今を受け容れなければならない。

「この後用事があるから、今夜連絡する」

担当する予定の選手の演技は終わっていたが、最後まで残ることにした。今日の試合には、志藤も出場する。最終滑走だ。

「誰かと会うの？」

ああ、と答えて、ミラーは、会場の建物を振り返る。

「志藤聖に会ってくる」

梨香子は一瞬不思議そうな表情になり、その後すぐに、今日の大会に志藤が出場していることを思い出したようだった。

その後ミラーは、会場へ戻り、志藤の演技を目の前で観た。

テレビで見かけてもすぐに消していたから、まともに観るのは数年ぶりだった。ライバルとされていた塩澤が引退し、志藤もまたピークを過ぎて翳《かげ》りが見え始めているのではないかと期待したが、その滑りは少しも衰えてはいなかった。それどころか、さらに輝きを増しているようにさえ思えた。

圧倒された。

かつて自分がいた、もう戻ることのない場所の中心に、彼は胸を張って立っていた。

改めて現実を突きつけられた。あの場所にいたときも、自分には、彼らほどの輝きはなかった。

演技を終え、割れるような拍手の中で、志藤がこちらへ顔を向けた気がした。

思わず身を固くする。

見られたくなかった。自分が彼の演技に打ちのめされていることを知られたくなかった。

しかし心配するまでもなく、志藤の視線はミラーを素通りして、その後ろの観客席へと向けられる。誰か知り合いでも見つけたのか、軽く手を振ってみせてから、各方向の観客たちに頭を下げた。

志藤はミラーに気づきもしなかった。

ミラーは点数が出るのを待たず、笑顔で歓声に応えている志藤に背を向け、会場を後にした。

自宅に帰りつき、一人で酒を飲んだ。

仕事のメールも、梨香子への連絡も後回しにして、ソファの前のテーブルのグラスに次々と酒を注いだ。飲んでは注ぎ、また飲んでは注ぐ。

気を紛らわせようとテレビをつけたら、スポーツ番組がＮＨＫ杯の様子を流していた。画面が切り換わり、最終滑走の志藤が映ったところで電源を切る。

本格的にアルコールが回れば、まともに考えることもできなくなるはずだ。そうなれば楽になる。しかしミラーは、その段階になるまで時間がかかった。足元がふらつき、身体の動きが鈍くなっても、頭は何故か冷えたままなのだ。この程度の量では、思考を止めるには足りない。もっと飲まなければ。

まだ、ライトに照らされた真っ白なリンクの輝きが目に焼きついている気がした。

いつまで経っても、氷上にいない自分に慣れなかった。けれど今日、目にしたものは眩しすぎて、誰よりも氷上に立つにふさわしいあの男が、もはや自分とは異質のものだとわかった。明るくて冷たいあの世界から、はっきりと拒絶されたように感じた。

何杯目かわからない酒を飲み干し、またグラスに次の一杯を注ぎながら、息を吐く。

もうあそこは自分の場所ではないと、はっきりと自覚することができたのは、よかったのかもしれない。

自分はあの場所へは戻れない。志藤だって、いつまでいられるかわからない。あそこは、そういう場所なのだ。

かつてそこにいたことを誇りながら、次の場所へ向かっていくしかないのだと、わかっていたはずなのに、長い間、受け容れられずにいた。

まだ半分ほど中身が残っているグラスを置き、テーブルの上から、細い金の鎖をつまみあげる。鎖の先に、開閉式の長方形のチャームがついた、ロケットペンダントだ。帰宅後、時計を外してケースにしまうとき、ふと思い出して、引き出しの奥から出してきた。ずっと昔、絵梨世が誕生日にプレゼントしてくれたものだった。それが、一緒に過ごした最後の誕生日だった。

ロケットの中には、子どものころの絵梨世の写真が入っている。ミラーが入れたわけではない。贈られたとき、すでに写真が入っていた。写真の下部には、細字のサインペンで、三つの×が描かれている。キス・キス・キス。親愛の印だ。

しばらくの間、閉じたままのロケットが、垂れさがった鎖の先でゆらゆらと揺れるのを眺めた。それから、うまく動かない指でロケットを開けて、写真を見た。

思い出のために写真を撮る、という発想がなかったから、ミラーの手元に家族の写真はほとんど残っていない。一枚だけの写真の中で、幼い絵梨世はすました顔をしている。

絵梨世に、恋人がいるのか。最後に会ったときはまだ十代で、ほんの子どもだと思っていた。自分にまで紹介しようというのなら、結婚も考えているのだろう。もうそれだけの時間が経ったのだ。自分だけ立ち止まっているわけにはいかない。

食事会に出ると伝えたら、梨香子はどんな表情をするだろう。絵梨世は喜ぶだろうか。それとも、戸惑うだろうか。

ソファに手をついて立ち上がり、グラスと酒瓶をキッチンへ運んだ。酒瓶とグラスにわずかに残った酒を流しに捨てる。瓶は軽く洗って資源ごみのごみ箱に放り込み、グラスは洗って水切りに伏せた。朝起きたとき、部屋が散らかっているのが我慢できない性分で、飲んだり食べたりした食器はすぐに洗うようにしている。酔っていても、身についた習慣で、ほとんど無意識に身体が動いた。

こんな思いつきは、明日になったら忘れているかもしれないし、気が変わっているかもしれない。けれどももしも覚えていたら、梨香子に電話をしよう、と思っていた。

タオルで手を拭いて、リビングに戻る。

さっきは酔いたくて酒を呷ったが、今は頭を冷やしたい。現役を退いてから吸うようになった煙草を取り出して、火をつけた。

においが染みつくのが嫌で、部屋の中では吸わないようにしている。何気なく、テーブルの上のロケットをすくいあげ、鎖を手首にかけた。煙草をくわえて、開いたままの窓からバルコニーへ出る。

アルコールで火照った顔に、夜風が心地よかった。

眼下には、見慣れた夜景が広がっている。一瞬、ここから飛び降りることを想像した。

いつものことだ。夜、一人で飲んで、酔い覚ましにバルコニーで一服するたび、頭をよぎる。

もしも自分が死んだら、セカンドキャリアがうまくいかず苦悩していたとか、人間関係に問題を抱えていたとか、様々なメディアで好き勝手書かれるだろう。それとも、自分のことなど、もうニュースにもならないだろうか。志藤や塩澤は、少しは何か思うだろうか。ミラーの死を悼むことはなくても、自分たちの行く末を重ねるくらいのことはするだろうか。そんなことを考えた。

――おそらく、彼らは何とも思わないだろう。そう結論づけるところまでがワンセットだ。

もしも自分が、今、ここから飛び降りたら。

死にたいわけではない。想像するだけだった。行動に移したことは一度もない。

息を吐いて、手すりに体重をかけた。

これまで直視せずに来たものをまともに見てしまった衝撃から、まだ立ち直れてはいなかったが、ダメージは思っていたほどではなかった。きっと、気づいていないふりをしたかっただけで、本当はずっと前から、残酷な現実に気がついていたのだ。

抵抗をやめれば、いずれ、スケーターではない自分を受け容れることができるだろう。

痛みが強いのは今だけだ。完全に消える日は来ないかもしれないが、いつか、痛みにも慣れて、そこにあるのが当たり前になる。膝の痛みと同じように。

それは、恐れていたほど、絶望的なことではないのかもしれない、とらしくもないことを思った。

右手に握っていたロケットの鎖が、風で揺れて手すりに当たり、軽い音をたてた。

食事会にこのロケットをつけていったら、絵梨世と梨香子がどんな反応をするか、想像する。一瞬で、ないな、という結論に達した。柄でもない。似合うとも思えない。絵梨世たちも、喜ぶどころか引きそうだ。

想像すると笑えてきて、ミラーは、鎖を持ち上げ、安っぽい造りの留め金を外した。

深い意味などない、ただの気まぐれだ。ちゃちな鎖を首の後ろへ回し、娘からのたった一つの贈り物を身につける。

酔っているせいか手先はなかなか思い通りには動かず、小さな留め金に手こずった。くわえていた煙草を、前歯が押し潰す。指先が留め金を弾いてしまい、ロケットは手の中から滑り落ちた。

鎖が彗星のように尾を引いた。バルコニーの床の上で一度跳ね、手すりの間をすり抜けて向こう側へ落ちる。あ、と開いた唇の間から煙草も落ちたが、そちらはどうでもいい。ロケットのほうを目で追った。

そのまま地上まで落ちてしまうかとひやりとしたが、ロケット部分はかろうじて、手すりの向こうの張り出した部分で止まっていた。鎖はだらりとその先へ垂れさがっている。

幼児の落下防止のためか、縦格子状の手すり子の間隔は狭く、ミラーの腕は通らない。

舌打ちをして、手すりを乗り越えた。ミラーの身長なら、難なく乗り越えられる高さだ。

手すりの反対側で、潰れた煙草が、まだ小さな火を灯し、細い煙をなびかせているのが見える。片手で手すりをつかんで十数センチほどの足場に立ち、腰をかがめて、もう片方の手をロケットへと伸ばした。

何の予兆もなく、膝がかくんと抜けたようになり、バランスが崩れる。

手すりをつかんでいた手が、その勢いでするりと滑った。

ああ、これは。だめだ。

瞬時に悟る。不思議と恐怖はなかった。

この程度のことで体勢を崩すほど、膝も腰も体幹も弱っていたのかと思うと情けない。そして、腹立たしい。畜生、と呟いた。自殺したと思われるのも癪だが、元フィギュアスケーターが足を滑らせて落ちたと知られるほうが屈辱だ。

そんな考えが頭を廻《めぐ》ったのは、おそらく一秒にも満たない時間だっただろう。

ロケットへ伸ばしていた手が鎖をつかんだ次の瞬間、ふわりと身体が宙に浮く感覚が来る。吹いた風が髪を巻き上げ、ミラーは目を見開いた。

足元から立ち上がる冷気。

明るくて冷たくて美しい、一人きりの世界。

懐かしい浮遊感に、一瞬錯覚する。

けれど喝采は聞こえない。

見上げた先に、あの眩しいライトはない。

夜空が見えた。

装丁　大久保明子
photo：Vasilina Popova/JamesAchard/gettyimages

織守きょうや
1980年ロンドン生まれ。

2012年『霊感検定』で第14回講談社BOX新人賞Powersを受賞し、デビュー。

弁護士として働きながら小説を執筆。

2015年『記憶屋』で第22回日本ホラー小説大賞読者賞を受賞。同作はシリーズ化され累計60万部を突破、映画化でも話題となった。

ほか、『少女は鳥籠で眠らない』『301号室の聖者』『ただし、無音に限り』『響野怪談』『朝焼けにファンファーレ』『花束は毒』『学園の魔王様と村人Aの事件簿』『彼女はそこにいる』『隣人を疑うなかれ』など著書多数。

キスに煙《けむり》

2024年1月30日　第1刷発行

著　者　織守《おりがみ》きょうや
発行者　花田 朋子
発行所　株式会社 文藝春秋
〒102-8008 東京都千代田区紀尾井町3-23
電話　03-3265-1211（代）
印　刷　萩原印刷
製　本　萩原印刷

定価はカバーに表示してあります。

万一、落丁乱丁の場合はお取替えいたします。

小社製作部あてお送り下さい。


ISBN978-4-16-391799-3